Diogenes Taschenbuch 20363

Joseph Conrad

Herz der Finsternis

Erzählung
Aus dem Englischen von Fritz Lorch

Diogenes

Titel der 1902 in London
erschienenen Originalausgabe:
›Heart of Darkness‹

Umschlagillustration: André Derain,
›Arbre, paysage au bord d'une rivière‹,
1904/05 (Ausschnitt)

Veröffentlicht als Diogenes Taschenbuch, 1977

Diogenes Verlag AG Zürich
www.diogenes.ch
30/01/36/13
ISBN 3 257 20363 2

I

Die *Nellie*, eine seetüchtige Segeljacht, schwoite ohne das leiseste Flattern der Segel vor ihrem Anker und ruhte aus. Die Flut hatte eingesetzt, es war nahezu windstill, und da wir stromabwärts sollten, war weiter nichts zu tun, als sich zu gedulden und den Gezeitenwechsel abzuwarten.

Die Themsemündung dehnte sich vor uns wie der Anfang einer endlosen Wasserstraße. Draußen verschmolzen nahtlos Himmel und Meer, und in dem lichterfüllten Raum schienen die gelohten Segel der Leichter, die mit der Flut herauftrieben, stillzustehen, in Massen straff ausgespannter roter Leinwand, in denen die lackierten Spriete aufblinkten. Ein leichter Dunst lag über den Ufern, die sich flach ins Meer verloren. Über Gravesend war die Luft dunkel, und hinter uns schien sie noch immer zu einer trüben Düsternis geballt, die reglos über der größten und großartigsten Stadt der Welt brütete.

Der Direktor von Handelsgesellschaften war unser Kapitän und Gastgeber. Wir vier anderen beobachteten liebevoll seinen Rücken, während er dort im Bug stand und aufs Meer hinausblickte. Weit und breit gab es nichts auf dem Fluß, was nur halb so seemännisch ausgesehen hätte. Er glich einem Lotsen, der für einen Seemann die personifizierte Vertrauenswürdigkeit ist. Man konnte sich nur schwer vorstellen, daß sein Beruf nicht dort draußen in der lichterfüllten Flußmündung lag, sondern hinter ihm in der brütenden Düsternis.

Zwischen uns bestand das Band der See, wie ich schon an anderer Stelle bemerkt habe. Abgesehen davon, daß es über lange Zeiten der Trennung unsere Herzen zusammenhielt, stimmte es uns auch nachsichtig gegen eines jeden Garn – ja sogar gegen eines jeden Überzeugungen. Der Rechtsanwalt – der feinste alte Knabe, den man sich denken kann – hatte wegen seiner hohen Jahre und hohen Tugenden das einzige Kissen an Bord unter seinem Kopf und lag auf der einzigen Decke. Der Bücherrevisor hatte schon einen Dominokasten hervorgeholt und baute spielerisch die Steine auf. Marlow saß mit gekreuzten Beinen achtern und lehnte sich an den Besanmast. Er hatte hohle Wangen, eine gelbe Hautfarbe, einen geraden Rücken, ein asketisches Aussehen und erinnerte mit seinen herabhängenden Armen, den nach außen gekehrten Handflächen, an ein Idol. Der Direktor kam, nachdem er sich vergewissert hatte, daß der Anker gut hielt, nach achtern und setzte sich zu uns. Wir wechselten träge ein paar Worte. Dann trat Stille ein an Bord der Jacht. Aus dem einen oder anderen Grund begannen wir nicht mit dem Dominospiel. Wir waren in besinnlicher Stimmung und zu nichts anderem fähig als zu friedlichem Vor-uns-Hinschauen. Der Tag ging in einer Klarheit stillen und köstlichen Strahlenglanzes zu Ende. Das Wasser schimmerte friedlich; der Himmel, ohne ein Wölkchen, war eine wohltuende Unermeßlichkeit reinen Lichts; sogar der Dunst der Essex-Marschen war wie ein duftiges und glänzendes Gewebe, das von den waldigen Höhen des Binnenlandes herabhing und die flache Küste in durchsichtige Falten hüllte. Nur die Düsternis des Westens, die über dem oberen Flußlauf brütete, wurde von Minute zu Minute dunkler, gleichsam als sei sie erzürnt über das Näherkommen der Sonne.

Und schließlich sank die Sonne auf ihrer gebogenen und unwahrnehmbaren Fallinie hinab und wechselte von gleißendem Weiß zu einem trüben Rot ohne Glanz und ohne Hitze über, als sei sie im Begriff zu erlöschen, todwund durch die Berührung mit jener über einer Menschenmasse lastenden Düsternis.

Allsogleich kam eine Veränderung über das Wasser, und die heitere Klarheit wurde weniger leuchtend, dafür aber tiefer. Der alte Fluß in seiner breiten Mündungsstrecke blieb ungerührt vom Erlöschen des Tages, nach all den Jahrhunderten guter Dienste, die er den Menschen an seinen Ufern geleistet hatte, und breitete sich aus in der stillen Würde einer Wasserstraße, die zu den entferntesten Enden der Welt führt. So sahen auch wir den ehrwürdigen Strom nicht im zuckenden Flackerschein eines kurzen Tages, der heraufzieht und dann für alle Zeiten entschwindet, sondern im erhabenen Licht bleibender Erinnerungen. Und freilich ist einem Mann, der, wie es wohl heißt, Seemann war mit Leib und Seele, nichts leichter, als auf dem Unterlauf der Themse den großen Geist der Vergangenheit zu beschwören. Der Gezeitenstrom wechselt hin und her in unaufhörlicher Dienstbarkeit, beladen mit Erinnerungen an Menschen und Schiffe, die er zur Ruhe in die Heimat oder zum Getümmel der Seeschlachten hinausgetragen hat. Alle Männer, auf die die Nation stolz ist, hat er gekannt, und allen gedient, von Sir Francis Drake bis zu Sir John Franklin – Rittern allesamt, betitelten und unbetitelten – den großen fahrenden Rittern des Meeres. All die Schiffe hat er getragen, deren Namen wie Juwelen aufleuchten in der Nacht der Zeiten, von der *Golden Hind*, die zurückkehrte – die bauchigen Schiffswände voller Schätze –, um von Ihrer Majestät der Königin besucht zu werden und auf diese Weise eine grandiose Geschichte abzuschließen, bis zur *Erebos* und *Terror*, die zu anderen Eroberungen auszogen – und die nie zurückkehrten. Er hat die Schiffe und die Männer gekannt. Sie waren von Deptford, von Greenwich, von Erith aus in See gegangen – die Abenteurer und Siedler; königliche Schiffe und Schiffe der Handelsleute; Kapitäne, Admirale, die finsteren ›Schleichhändler‹ des Ostens und die bestallten ›Generäle‹ der Flotten der East India Company. Goldsucher oder solche, die dem Ruhm nachjagten, sie alle waren auf diesem Strom hinausgefahren, das Schwert in der Hand und oft die Fackel, Boten der Stärke dieses Landes, Bringer eines Funkens vom heiligen Feuer. Welche Größe trieb nicht mit der Ebbe jenes Flusses in das Rätsel einer unbekannten Welt hinaus! ... Die Träume der Menschen, der Same von Nationen, der Keim zu Weltreichen.

Die Sonne ging unter; die Abenddämmerung brach über den Strom herein, und die Küste entlang begannen die Lichter aufzublinken. Der Leuchtturm von Chapman, der mit seinen drei Beinen im flachen Schlick stand, warf sein starkes Licht über das Wasser. Die Lampen der Schiffe bewegten sich im Fahrwasser – ein Gewimmel stromaufwärts und -abwärts wandernder Lichter. Und weiter im Westen, stromaufwärts, zeichnete sich der Ort der Riesenstadt noch immer dräuend gegen den Himmel ab, eine brütende Düsternis im Sonnenschein, ein gespenstischer Glanz unter den Sternen.

»Und auch dies«, sagte Marlow unvermittelt, »ist einer der dunklen Plätze der Erde gewesen.«

Er war der einzige unter uns, der noch immer zur See fuhr. Das Schlimmste, das sich von ihm sagen ließ, war, daß er nicht seinen Stand repräsentierte. Er war ein Seemann, doch er war auch ein Wanderer, während die meisten Seeleute, wenn man so sagen darf, ein seßhaftes Leben führen. Ihr Gemüt ist auf Häuslichkeit eingestellt, und sie haben ihr Haus immer bei der Hand – das Schiff; und somit auch ihre Heimat – die See. Ein Schiff gleicht so ziemlich dem anderen, und das Meer ist immer dasselbe. In der Unveränderlichkeit ihrer Umgebung gleiten die fremden Gestade, die fremden Gesichter, die wechselnde Unermeßlichkeit des Lebens an ihnen vorüber – verschleiert nicht so sehr durch ein Gefühl des Rätselhaften als vielmehr durch eine leicht verächtliche Unwissenheit; denn für einen Seemann gibt es nichts Rätselhaftes, es sei denn die See als solche, welche die Herrin seines Lebens und ebenso unergründlich wie die Vorsehung ist. Ansonsten genügt nach den Stunden der Arbeit ein gelegentlicher Bummel an Land oder eine gelegentliche Zechtour, um ihm das Geheimnis eines ganzen Kontinentes aufzuschlüsseln, und meistens findet er das Geheimnis nicht einmal wissenswert. Das Garn der Seeleute ist von einer rückhaltlosen Einfältigkeit, deren ganzer Sinn in einer aufgeknackten Nußschale liegt. Aber Marlow war nicht typisch (wenn man von seiner Neigung, ein Garn zu spinnen, absieht), und für ihn lag der Sinn einer Begebenheit nicht in dieser eingeschlossen wie der Nußkern, sondern draußen, rings um die Geschichte, die ihn lediglich sichtbar machte, so wie eine Feuersglut einen Dunst sichtbar macht – ähnlich einem jener Schleierhöfe, die mitunter im gespenstischen Licht des Mondscheins sichtbar werden.

Seine Bemerkung schien keineswegs überraschend. Sie sah Marlow ähnlich. Sie wurde schweigend aufgenommen. Niemand machte sich die Mühe, auch nur zu brummen; und dann sagte er sehr langsam:

»Ich dachte an die frühen Zeiten, als die Römer erstmals hierher kamen, vor neunzehnhundert Jahren – gestern also ... Helle ist seitdem von diesem Fluß ausgegangen – Helden, sagen Sie? Auch gut; aber es ist doch wie die rasende Flamme auf einer Ebene, wie ein Blitzstrahl in den Wolken. Wir leben in dem aufflackernden Schein – möge er so lange anhalten, wie die alte Erde sich dreht! Doch hier herrschte gestern noch Finsternis. Stellt euch vor, wie dem Befehlshaber solch einer stattlichen – wie heißen sie gleich? – Triere im Mittelmeer zumute gewesen sein muß, der plötzlich nach Norden versetzt wird; eilig bringt man ihn über Land durch Gallien, und dann erhält er den Befehl über eines dieser Schiffe, welche die Legionäre – schon wunderbar anstellige Leute – anscheinend zu Hunderten in kaum ein, zwei Monaten zu bauen pflegten, wenn dem zu glauben ist, was in den Büchern steht. Stellt ihn euch vor, wie er mit Vorräten oder mit Befehlen oder was sonst diesen Fluß hinauffährt: das Ende der Welt, eine bleifarbene See, ein rauchfarbener Himmel, ein Schiff, das so unbeweglich ist wie eine Ziehharmonika. Sandbänke, Marschen, Wälder, Wilde – herzlich wenig von dem zu essen, was einem zivilisierten Gaumen angemessen ist, nichts zu trinken als Themsewasser.

Kein Falernerwein, kein Landurlaub. Hier und dort ein befestigtes Soldatenlager, verloren im Dickicht wie eine Stecknadel in einem Bündel Heu – Kälte, Nebel, Stürme, Seuchen, Exil und Tod – Tod, der in der Luft lauert, im Wasser, im Gebüsch. Wie die Fliegen müssen sie hier weggestorben sein. Oh, ja – er stand seinen Mann. Machte seine Sache zweifellos sehr gut und ohne viel darüber nachzudenken, außer vielleicht später einmal, wenn er sich mit dem brüstete, was er zu seiner Zeit alles vollbracht. Sie waren Manns genug, der Finsternis ins Auge zu blicken. Und vielleicht, daß er aufgemuntert wurde durch die Aussicht auf eine gelegentliche Versetzung zur Flotte nach Ravenna, mit der er rechnen konnte, sofern er in Rom gute Freunde hatte und das fürchterliche Klima überstand. Oder denkt euch einen rechtschaffenen jungen Bürgersmann in seiner Toga – wer weiß, vielleicht hat er zuviel Würfel gespielt –, der im Gefolge eines Präfekten oder Steuereinnehmers oder gar Händlers hier herauskommt, um seine Finanzen aufzubessern. Er landet in einem Sumpf, marschiert durch die Wälder und hat in irgendeiner Niederlassung im Innern das Gefühl, er sei von der Barbarei, der reinsten Barbarei umgeben – dem ganzen geheimnisvollen Leben der Wildnis, das sich da regt im Wald, im Dickicht, im Herzen der Wilden. Auch gibt es ja in solche Geheimnisse keine Einweihung. Er muß inmitten des Unverständlichen leben, das obendrein widerwärtig ist. Das hat zwar auch sein Faszinierendes, dessen Wirkung auf ihn nicht ausbleibt. Das Faszinierende des Greulichen, wißt ihr, – denkt nur an die wachsende Reue, an die Sehnsucht, von hier fortzukommen, den ohnmächtigen Abscheu, das Ausgeliefertsein, den Haß.«

Er hielt inne.

»Wohlgemerkt«, begann er abermals und hob, die Handfläche nach außen gekehrt, den einen Unterarm, so daß er, mit seinen gekreuzten Beinen, nun die Haltung eines Buddhas hatte, der in europäischem Gewand und ohne Lotosblume predigt – »wohlgemerkt, keiner von uns hätte genau dieses Gefühl gehabt. Was uns rettet, ist der Nutzeffekt – die Vergötterung des Nutzeffekts. Aber diese Burschen taugten im Grunde nicht viel. Sie waren keine Kolonisten; ihr Verwalten war lediglich ein Aussaugen und sonst nichts, fürchte ich. Sie waren Eroberer, und dazu bedarf es nichts als roher Gewalt – nichts, dessen man sich rühmen dürfte, da die eigene Stärke bloß ein Akzidens ist, das aus der Schwäche der anderen resultiert. Sie rissen an sich, was sie konnten, nur darauf bedacht, sich nichts entgehen zu lassen. Es war schlicht Raub unter Gewaltanwendung, Mord unter erschwerenden Umständen in großem Stil; blind machten sie sich ans Werk – wie es sich für jene ziemt, die sich mit einer Finsternis einlassen. Die Eroberung der Welt, die im wesentlichen darauf hinausläuft, daß man sie denen fortnimmt, die eine andere Hautfarbe oder etwas plattere Nasen als wir haben, ist, genau besehen, nichts Erfreuliches. Was mit ihr versöhnt, ist die Idee allein. Eine Idee steht fraglos hinter ihr; kein sentimentaler Anspruch, sondern eine Idee; und ein selbstloser Glaube an die Idee – etwas, das man aufrichten, vor dem man sich verneigen, dem man Opfer bringen kann ...«

Er unterbrach sich. Flammen glitten über den Fluß, kleine grüne Flammen, rote Flammen, weiße Flammen, die einander verfolgten, überholten, sich miteinander verbanden, kreuzten – sich dann langsam oder hastig voneinander lösten. Der Verkehr der großen Stadt setzte sich in der dunkler werdenden Nacht auf dem schlaflosen Fluß fort. Wir schauten zu, warteten geduldig – es gab bis zum Ende der Flut nichts sonst zu tun. Als er dann aber nach langem Schweigen zögernd sagte: »Ihr entsinnt euch doch, daß ich einmal eine Weile Flußschiffer war«, wußten wir, daß es uns beschieden sein würde, bis die Ebbe einsetzte, einem von Marlows unwahrscheinlichen Erlebnisberichten zuzuhören.

»Ich möchte euch nicht übermäßig mit dem langweilen, was mir persönlich zustieß«, begann er und bewies hiermit die Schwäche so vieler Geschichtenerzähler, die nicht zu wissen scheinen, worauf ihre Zuhörer am meisten erpicht sind, »doch um die Wirkung, die das Ganze auf mich hatte, zu verstehen, müßt ihr wenigstens wissen, wie ich dort hinauskam, was ich dort sah, wie ich jenen Fluß hinauffuhr zu dem Ort, an dem ich dem armen Kerl zum erstenmal begegnete. Es war der äußerste Punkt der Schiffahrt und der Gipfelpunkt meines Erlebnisses. Es schien so etwas wie ein Licht auf alles um mich her – und auch in meine Gedanken – zu werfen. Noch dazu war es recht düster, das Erlebnis – recht traurig – in keiner Weise außerordentlich – nicht einmal sehr deutlich. Nein, nicht sehr deutlich. Und doch schien ein Licht von ihm auszugehen.

Ich war damals, wie ihr euch erinnern werdet, gerade nach London zurückgekehrt. Ich hatte den Indischen Ozean, den Pazifik, die China-See ausgiebig kennengelernt – eine gehörige Portion des Ostens – ungefähr sechs Jahre lang, und nun lungerte ich umher, störte euch bei der Arbeit, suchte euch in euren Wohnungen heim, gerade so, als hätte ich den himmlischen Auftrag erhalten, euch die Zivilisation zu bringen. Das war eine Zeitlang ganz schön, doch es dauerte nicht lange, und ich wurde des Ausruhens überdrüssig. So begann ich, mich nach einem Schiff umzusehen – das härteste Geschäft von der Welt, möchte ich meinen. Doch die Schiffe wollten mich nicht ansehen. Und so wurde ich auch dieses Spieles überdrüssig.

Nun, als kleiner Junge hatte ich eine große Passion für Landkarten gehabt. Stundenlang konnte ich Südamerika oder Afrika oder Australien betrachten und mich in die Herrlichkeiten des Entdeckerlebens verlieren. Zu jener Zeit gab es noch viele weiße Flecken auf der Erde, und wenn ich auf der Landkarte einen erblickte, der besonders einladend aussah (doch das tun sie schließlich alle), pflegte ich mit dem Finger darauf zu weisen und zu sagen: Wenn ich einmal groß bin, gehe ich dorthin. Der Nordpol war ein solcher Fleck, wie ich mich erinnere. Nun, dort bin ich nicht gewesen und werde auch nicht mehr versuchen hinzukommen. Der Zauber ist verschwunden. Andere Flecken lagen um den Äquator herum und über alle Breiten beider Hemisphären verstreut. In einigen von ihnen bin ich gewesen und ... nun, reden wir nicht davon. Doch da war noch einer – der größte, der weißeste, sozusagen – nach dem ich mich besonders sehnte.

Freilich war er inzwischen längst kein weißer Fleck mehr. Er hatte sich seit meiner Jugend mit Flüssen und Seen und Namen gefüllt. Er hatte aufgehört, ein leerer Raum köstlicher Geheimnisse zu sein – ein weißer Fleck, über dem ein Junge sich in glorreiche Träume verlieren konnte. Er war zu einem Ort der Finsternis geworden. Doch gab es darin vor allem einen Fluß, einen gewaltig großen Fluß, den man auf der Landkarte sehen konnte und der einer riesigen, sich aufringelnden Schlange glich, deren Kopf im Meer, deren Leib über eine weite Fläche hingelagert war und deren Schwanz sich in den Tiefen des Kontinents verlor. Und als ich mir die Landkarte im Schaufenster eines Ladens betrachtete, faszinierte mich der Fluß, wie eine Schlange einen Vogel fasziniert – einen dummen kleinen

Vogel. Dann erinnerte ich mich, daß es einen großen Konzern gab, eine Gesellschaft, die Handel auf diesem Fluß trieb. Zum Kuckuck! dachte ich, die können doch auf all diesem Süßwasser keinen Handel treiben ohne irgendwelche Fahrzeuge – Dampfboote! Warum sollte ich nicht versuchen, den Befehl über solch ein Dampfboot zu erlangen? Ich ging die Fleet Street hinunter und konnte den Gedanken nicht loswerden. Die Schlange hatte mich betört.

Ihr versteht, es handelte sich bei dieser Handelsgesellschaft um einen Konzern auf dem Kontinent; doch ich habe eine Menge Verwandte, die drüben auf dem Kontinent leben, weil es dort angeblich billiger ist und keineswegs so widerwärtig, wie es den Eindruck macht.

Zu meiner Schande muß ich gestehen, daß ich sie zu behelligen anfing. Dies war für mich ein ganz und gar neues Vorgehen. Ich war nicht daran gewöhnt, etwas auf diese Weise zu erreichen, wißt ihr. Ich bin immer meinen eigenen Weg gegangen und auf meinen eigenen Beinen dorthin gelangt, wo ich hingelangen wollte. Ich hätte es mir nicht zugetraut; doch seht – ich hatte irgendwie das Gefühl, ich müsse unter allen Umständen dorthinkommen. So fing ich an, sie zu behelligen. Die Männer sagten: ›Mein lieber Junge‹, und taten nichts. Dann – ist es zu glauben? – versuchte ich es mit den Frauen. Ich, Charlie Marlow, steckte mich hinter die Frauen – um einer Anstellung willen! Himmel! Nun, ich war von der

Idee besessen. Ich hatte eine Tante, eine liebe, schwärmerische Seele. Sie schrieb: ›Wie entzückend. Ich bin bereit, alles, alles für dich zu tun. Es ist eine glorreiche Idee. Ich kenne die Frau einer sehr hochgestellten Persönlichkeit in der Verwaltung und auch einen Mann, der großen Einfluß hat bei ...‹, etc., etc. Sie war entschlossen, alle Hebel in Bewegung zu setzen, damit ich die Stelle eines Schiffers auf einem Flußdampfer erhielt, wenn mir so sehr daran lag.

Ich bekam meine Anstellung – versteht sich; und ich bekam sie sehr schnell. Es fügte sich, daß die Gesellschaft gerade zu jener Zeit die Nachricht erhielt, einer ihrer Schiffer sei in einem Handgemenge mit Eingeborenen getötet worden. Dies war meine Chance, und ich war nur um so begieriger, dorthin zu kommen. Erst Monate und aber Monate später, als ich den Versuch machte, das, was von der Leiche übrig war, zu bergen, erfuhr ich, daß der ursprüngliche Streit aus einem Mißverständnis über ein paar Hühner entstanden war. Ja, zwei schwarze Hühner. Fresleven – so hieß der Mann, ein Däne – war der Meinung gewesen, er sei bei dem Handel übervorteilt worden. Deshalb war er ans Ufer gegangen und hatte den Häuptling des Dorfes mit einem Stock verprügelt. Oh, das überraschte mich nicht im geringsten, auch nicht das, was ich gleichzeitig vernahm, daß Fresleven das sanfteste, stillste Geschöpf gewesen, das je über Gottes Erdboden gewandelt sei. Zweifellos war er das gewesen; doch er hatte schon zwei Jahre dort draußen der edlen Sache gedient, wißt ihr, und er verspürte wahrscheinlich das Bedürfnis, endlich auf irgendeine Weise seine Selbstachtung geltend zu machen. Deshalb verprügelte er den alten Neger so erbarmungslos, während eine große Menge Volks wie vom Donner gerührt zusah, bis ein Mann – man berichtete mir, es sei der Sohn des Häuptlings gewesen –, entsetzt über die Schreie des alten Burschen, dem Weißen einen zaghaften Stoß mit dem Speer versetzte – und der drang natürlich mit Leichtigkeit zwischen den Schulterblättern hindurch. Daraufhin verzog sich die ganze Bevölkerung in den Wald, fürchtend, Unheil aller Art werde über sie hereinbrechen, während hinwiederum der Dampfer, den Fresleven befehligt hatte, ebenfalls in wilder Panik – ich glaube, unter dem Befehl des Ingenieurs – den Schauplatz verließ. Danach schien sich niemand weiter um Freslevens sterbliche Überreste gekümmert zu haben, bis ich herauskam und in seine Fußstapfen trat. Zwar vermochte ich nicht, seiner leiblichen Hülle eine letzte Ruhestatt zu verschaffen; doch als sich endlich eine Gelegenheit ergab, meinen Vorgänger aufzusuchen, war das Gras, das mittlerweile durch seine Rippen gewachsen war, schon hoch genug, um sein Gebein zu verdecken. Die Knochen waren noch alle da. Das überirdische Wesen war nicht angetastet worden nach seinem Fall. Und das

Dorf war verlassen; schwarz starrten mich die Hütten an, verrottet, schief hinter den eingefallenen Umzäunungen. Ein Unheil war über das Dorf hereingebrochen, das war unleugbar. Das Volk war verschwunden. Wahnsinniger Schrecken hatte sie – Männer, Frauen und Kinder – in den Busch getrieben, und sie waren nie zurückgekehrt. Was aus den Hühnern wurde, weiß ich auch nicht. Ich möchte annehmen, sie fielen dennoch der Sache des Fortschritts zu. Nun, ich kam durch diesen glorreichen Handel zu meiner Schifferstelle, noch ehe ich mir eigentlich recht Hoffnungen deswegen gemacht hatte.

Ich jagte wie wild umher, um mich reisefertig zu machen, und keine achtundvierzig Stunden später überquerte ich den Ärmelkanal zur Vorstellung bei meinen Arbeitgebern und zur Unterzeichnung des Vertrages. In sehr wenigen Stunden erreichte ich die Stadt, die mir immer wie eine weißgetünchte Totengruft erschienen ist. Vorurteil zweifellos. Ich hatte keine Schwierigkeiten, das Kontor der Gesellschaft zu finden. Es war das größte in der Stadt und ihr Name war auf jedermanns Lippen. Die Leute waren im Begriff, ein überseeisches Imperium aufzurichten und mit ihrem Handel Geld wie Heu zu verdienen.

Eine schmale und verlassene Straße in tiefem Schatten, hohe Häuserfronten, unzählige Fenster mit herabgelassenen Jalousien; eine tödliche Stille, sprießendes Gras zwischen den Pflastersteinen, imposante Wageneinfahrten links und rechts, riesige Flügeltüren, die wuchtig einen Spaltbreit offenstanden. Ich schlüpfte durch einen dieser Spalte, ging eine gefegte und schmucklose Treppe hinauf, die öde war wie eine Wüste, und öffnete die erste Tür, auf die ich stieß. Zwei Frauen, die eine korpulent, die andere schlank, saßen auf Stühlen mit Strohgeflecht – und strickten etwas aus schwarzer Wolle. Die Schlanke stand auf, schritt geradenwegs auf mich zu – noch immer strickend und die Augen niedergeschlagen – und blieb erst, als ich mir zu überlegen begann, ob ich ihr wohl ausweichen müsse, so wie man einem Schlafwandler ausweicht, stehen und sah mich an. Ihr Kleid war so unschön wie ein Regenschirmbezug; sie wandte sich wortlos um und schritt mir voran in ein Wartezimmer. Ich nannte meinen Namen und blickte mich um. Ein roher Holztisch in der Mitte, harte Stühle rings an den Wänden, am einen Ende eine große, in allen Farben des Regenbogens prangende Landkarte. Eine Menge Rot war darauf – was immer ein erfreulicher Anblick ist, weil man weiß, daß hier wirklich etwas geleistet wird; verteufelt viel Blau, ein wenig Grün, Orangekleckse, und an der Ostküste ein purpurner Fleck, um anzuzeigen, wo die lustigen Pioniere des Fortschritts ihr lustiges Lagerbier trinken. Allein, ich war zu keinem von diesen unterwegs. Ich ging in den gelben Fleck. Just in der Mitte. Und da war auch der Fluß – bestrickend – tödlich – wie eine Schlange. Oh! Eine Tür wurde geöffnet, ein weißhaariger Sekretärskopf, der eine mitleidige Miene aufsetzte, erschien, und ein knochiger Zeigefinger bedeutete mir, ins Allerheiligste einzutreten. Dort war es düster, und ein wuchtiger Schreibtisch nahm die Mitte des Raumes ein. Hinter diesem Möbelstück trat eine blaß-plumpe Gestalt in Gehrock hervor. Der hohe Herr persönlich. Er maß, denke ich, fünf Fuß und sechs Zoll, und er gebot über viele, viele Millionen. Er reichte mir, wenn ich mich recht erinnere, die Hand, murmelte undeutlich irgend etwas, war mit meinem Französisch zufrieden. *Bon voyage.*

Nach ungefähr fünfundvierzig Sekunden befand ich mich wieder im Warteraum bei dem mitleidigen Sekretär, der mich voller Trauer und Sympathie einige Dokumente unterzeichnen ließ. Ich glaube, ich verpflichtete mich unter anderem, keine Handelsgeheimnisse zu verraten. Nun, das werde ich auch nicht tun.

Ich begann, mich ein wenig unbehaglich zu fühlen. Wißt ihr, ich bin an solchen Zauber nicht gewöhnt, und etwas Unheilvolles lag in der Luft. Es war, als hätte man mich in eine Verschwörung hineingezogen – ich weiß nicht –, in etwas, bei dem es nicht mit rechten Dingen zuging; und ich war froh, wieder hinauszukommen. Im anderen Zimmer verstrickten die beiden Frauen fieberhaft ihre schwarze Wolle. Andere Leute kamen, und die Jüngere schritt ab und zu, um sie anzumelden. Die Ältere saß auf ihrem Stuhl. Ihre flachen Stoffpantoffel hatte sie auf einen

Fußschemel gestellt, und eine Katze lag auf ihrem Schoß. Sie trug irgend etwas gestärktes Weißes auf dem Kopf, hatte eine Warze auf der Wange, und auf der Nasenspitze saß ihr eine silberne Brille. Sie sah mich über die Brille hinweg an. Die flüchtige und gleichmütige Seelenruhe jenes Blickes beunruhigte mich. Zwei Jünglinge mit närrischen, munteren Gesichtern wurden gerade durch das Zimmer geleitet, und ihnen sandte sie den gleichen raschen Blick unbeteiligter Weisheit nach. Sie schien alles über sie zu wissen und auch über mich. Ein Schwindelgefühl erfaßte mich. Das Weib wirkte unheimlich und schicksalhaft. Fern dort draußen dachte ich oft an diese beiden, die das Tor zur Finsternis hüteten und schwarze Wolle wie für ein warmes Leichentuch verstrickten, wobei die eine unablässig ins Unbekannte hineingeleitete und die andere mit unbeteiligten Greisenaugen die fröhlichen und tölpelhaften Gesichter durchforschte. *Ave!* Du alte Schwarzwollstrickerin. *Morituri te salutant.* Nicht viele derjenigen, denen sie ins Gesicht schaute, hat sie wiedergesehen – bei weitem nicht die Hälfte.

Noch ein Besuch beim Arzt war zu erledigen. ›Eine reine Formalität‹, versicherte mir der Sekretär, mit einer Miene, als nehme er großen Anteil an allen meinen Kümmernissen. Demgemäß kam aus einem der oberen Stockwerke ein junger Bursche, die Mütze schräg nach links ins Gesicht gedrückt, ein Bürodiener vermutlich – es wird zweifellos Bürodiener in dem Unternehmen gegeben haben, obwohl es still dort war wie in einer Totenstadt – und nahm mich mit. Er war schäbig und nachlässig gekleidet, hatte Tintenflecken an den Rockärmeln, und seine große Krawatte bauschte sich unter seinem Kinn, das wie die Spitze eines alten Stiefels geformt war. Für den Arzt war es noch ein wenig zu früh, und so lud ich meinen Begleiter zu einem Glase ein, woraufhin er einen lustigeren Ton anschlug. Während wir bei unserem Vermouth saßen, pries er die Unternehmungen der Gesellschaft in den höchsten Tönen. Später gab ich beiläufig meiner Verwunderung darüber Ausdruck, daß er nicht selbst dort hinausgehe. Er wurde plötzlich sehr kühl und gesammelt. ›Ich bin nicht so närrisch, wie ich aussehe, sprach Plato zu seinen Schülern‹, antwortete er sentenziös, leerte mit großer Entschiedenheit sein Glas, und wir standen auf.

Der alte Arzt fühlte mir den Puls und war mit seinen Gedanken offenkundig nicht bei der Sache. ›Gut, gut für dort unten‹, murmelte er, und dann fragte er mich geflissentlich, ob ich ihm gestatte, meinen Kopf zu vermessen. Recht erstaunt willigte ich ein, woraufhin er so etwas wie einen Tastzirkel hervorholte, die Ausdehnung vorne und hinten und in jeder Richtung maß und dabei sorgfältig Notizen machte. Er war ein unrasierter kleiner Mann in einem fadenscheinigen Kittel. Seine Füße staken in Pantoffeln, und ich hielt ihn für einen harmlosen Schwachkopf.

›Im Interesse der Wissenschaft bitte ich stets um die Erlaubnis, die Crania derjenigen abmessen zu dürfen, welche dort hinausgehen‹, sagte er. ›Und wenn sie zurückkommen auch?‹ fragte ich. ›Oh, ich sehe sie nie wieder‹, antwortete er; ›und zudem finden die Veränderungen innen statt, wissen Sie.‹ Er lächelte wie bei einem stillen Scherz. ›Sie gehen also dort hinaus. Großartig. Und auch höchst interessant.‹ Er sandte mir einen prüfenden Blick zu und machte eine weitere Eintragung. ›Je ein Fall von Geistesgestörtheit in Ihrer Familie vorgekommen?‹ fragte er in sachlichem Ton. Das verdroß mich. ›Wird diese Frage ebenfalls im Interesse der Wissenschaft gestellt?‹ ›Es käme‹, sagte er, ohne meine Gereiztheit zu beachten, ›der Wissenschaft sehr zustatten, die geistigen Veränderungen der Individuen an Ort und Stelle beobachten zu können, aber da ...‹ ›Sind Sie Psychiater?‹ unterbrach ich ihn. ›Jeder Arzt sollte das sein – bis zu einem gewissen Grad‹, antwortete dieses Original von einem Mann unerschütterlich. ›Ich habe da eine kleine Theorie, für die Sie, Monsieur, und die anderen Herren, die dort hinausgehen, mir den Beweis erbringen sollen. Dies ist mein Anteil am Gewinn, den mein Vaterland aus dem Besitz solch einer gewaltigen Kolonie ziehen soll. Das einzige Gut, das ich andern hinterlassen werde. Entschuldigen Sie meine Fragen, doch Sie sind der erste Engländer, bei dem ich meine Beobachtungen anstellen kann ...‹ Ich beeilte mich, ihm zu versichern, ich sei keineswegs typisch. ›Wäre ich es‹, sagte ich, ›so würde ich nicht in dieser Weise mit Ihnen reden.‹ ›Was Sie da sagen, ist ziemlich abgründig und wahrscheinlich irrig‹, sagte er lachend. ›Hüten Sie sich mehr vor Verdruß als vor den Strahlen der Sonne. Adieu. Wie sagen doch gleich die Engländer? *Good-bye.* Ah! *Good-bye.* Adieu. In den Tropen muß man vor allem die Ruhe bewahren.‹ ... Er hob den Zeigefinger ... *›Du calme, du calme. Adieu.‹*

Noch etwas blieb zu tun – meiner trefflichen Tante Lebewohl zu sagen. Sie triumphierte. Ich trank eine Tasse Tee – die letzte anständige Tasse Tee für viele Tage –, und in einem Zimmer, das in höchst wohltuender Weise genau so aussah, wie man es von einem Damenzimmer erwartet, hielten wir einen langen, friedlichen Plausch am Kamin. Im Verlauf dieser traulichen Unterhaltung wurde mir ziemlich klar, daß ich der Frau eines hohen Würdenträgers und wer weiß wie vielen Leuten sonst noch als ein außerordentlich begabtes Wesen empfohlen worden war – ein wahrer Fund für die Handelsgesellschaft – ein Mann, wie man ihn nicht alle Tage trifft. Gütiger Himmel! Und ich sollte einen armseligen Flußdampfer mit einer lächerlichen Pfeife daran übernehmen! Es hatte jedoch den Anschein, als sei ich einer jener Schaffenden mit einem Kapital – wißt ihr. Eine Art Gesandter des Lichts, eine Art kleinerer Apostel. Zu jener Zeit war eine Menge solchen

Unsinns in Druck und Rede auf die Menschheit losgelassen worden, und die vortreffliche Frau, die mitten in all dem Schwindel lebte, war mit fortgerissen worden. Sie ließ sich so lange darüber aus, wie man ›diese unwissenden Millionen von ihren entsetzlichen Bräuchen abbringen müsse‹, daß mir in der Tat recht unbehaglich zumute wurde. Ich wagte, darauf hinzuweisen, daß die Handelsgesellschaft des Profits wegen betrieben werde.

›Du vergißt, lieber Charlie, ein Arbeiter ist soviel wert, wie er verdient‹, sagte sie aufgeräumt. Sonderbar, wie den Frauen der Sinn fürs Wahre abgeht. Sie leben in ihrer eigenen Welt, und niemals hat es etwas gegeben, das dieser gleichgekommen wäre, und wird es auch nie geben. Diese Welt ist viel zu schön, und wenn sie je eine solche Welt errichten sollten – sie würde in Stücke gehen, noch ehe der erste Tag verstrichen wäre. Irgendein verflixtes Faktum, mit dem wir Männer uns seit dem Schöpfungstag stillschweigend abgefunden haben, würde ihnen in die Quere kommen und das Ganze über den Haufen werfen.

Hiernach wurde ich in die Arme geschlossen, ermahnt, Wolle zu tragen und auch ja regelmäßig zu schreiben und so weiter – und dann ging ich. Auf der Straße – ich weiß nicht warum – überkam mich das wunderliche Gefühl, ich sei ein Betrüger. Sonderbar, daß ich, der ich doch daran gewöhnt war, mich binnen vierundzwanzig Stunden nach jedem beliebigen Teil der Welt zu verfügen, ohne mir deshalb mehr Gedanken zu machen, als es die meisten Menschen beim Überqueren einer Straße tun – daß ich vor dieser so alltäglichen Geschichte einen Augenblick – ich will nicht sagen von Gehemmtheit erlebte, wohl aber verdutzten Innehaltens. Ich erkläre euch das am besten so: ich hatte da ein oder zwei Sekunden lang das Gefühl, ich sei im Begriff, nicht ins Innere eines Kontinents, sondern zum Erdmittelpunkt aufzubrechen.

Ich reiste mit einem französischen Dampfer ab, und der lief jeden verfluchten Hafen an, den es dort unten gibt, mit dem, soweit ich sehen konnte, alleinigen Zweck, Soldaten und Zollbeamte auszuladen. Ich betrachtete die Küste. Eine Küste zu betrachten, so wie sie am Schiff vorübergleitet, ist, als sänne man einem Rätseldinge nach. Da liegt sie vor einem – lächelnd, unwillig, einladend, grandios, niederträchtig, abgeschmackt oder barbarisch und immer stumm, immer mit einer Miene, als flüstere sie: Komm, vergewissere dich. Diese Küste hier war fast gesichtslos, gleichsam als sei sie noch immer im Entstehen, mit einem Ausdruck eintöniger Grimmigkeit. Der Rand des gewaltigen Urwaldes – er war so dunkelgrün, daß er schon schwarz wirkte – lief, von der weißen Brandung gesäumt, schnurgerade dahin, weit, weit das blaue Meer entlang, dessen Glitzern von einem schleichenden Dunst gedämpft wurde. Die Sonne war grell, das Land schien vor Feuchtigkeit zu funkeln und zu tropfen. Hier und da zeichneten sich grau-weißliche Flecken ab, die sich hinter der weißen Brandung zusammenscharten, zuweilen mit einer flatternden Fahne darüber. Siedlungen, die jahrhundertealt waren und doch noch immer nicht größer als Stecknadelköpfe vor den unberührten Weiten ihres Hinterlandes. Wir zockelten dahin, hielten an, luden Soldaten aus; fuhren weiter, luden Zollbeamte aus, die Steuern in einem Land erheben sollten, das wie eine gottverlassene Wildnis aussah, in der verloren ein Blechschuppen und eine Fahnenstange standen; luden weitere Soldaten aus – vermutlich sollten sie auf die Zollbeamten aufpassen. Manche, so hörte ich, ertranken in der Brandung; doch ob dem so war oder nicht – niemand schien sich weiter darum zu kümmern. Sie wurden einfach abgeworfen, und weiter ging die Fahrt. Tag für Tag sah die Küste gleich aus, als hätten wir uns nicht von der Stelle gerührt; doch wir kamen an verschiedenen Ortschaften vorüber – Handelsplätzen – mit Namen wie Gran' Bassam, Klein Popo; Namen, die einer niederen Posse entnommen zu sein schienen, welche vor einem finsteren Prospekt aufgeführt wurde. Der Müßiggang eines Passagiers, meine Vereinsamung unter all diesen Männern, mit denen mich nichts verband, das ölige, träge Meer, die gleichförmige Düsternis der Küste – dies alles schien mich von der Wahrheit der Dinge fern- und in den Fängen einer traurigen und unsinnigen Verblendung festzuhalten. Das Tosen der Brandung, das dann und wann herüberklang, war eine rechte Freude – so wie die Stimme eines Bruders. Es war etwas Natürliches, das seinen Ursprung hatte, seinen Sinn. Dann und wann brachte einen ein Boot von der Küste für Augenblicke in Kontakt mit der Wirklichkeit. Es wurde von schwarzen Burschen gepaddelt. Schon von weitem sah man das Weiß ihrer Augäpfel glitzern. Sie schrien, sangen; ihre Leiber waren schweißüberströmt; sie hatten Gesichter gleich grotesken Masken – diese Gesellen; aber sie hatten Knochen im Leib, Muskeln; eine wilde Vitalität, eine ungeheure Energie lag in ihren Bewegungen, die natürlich waren und echt wie die Brandung vor ihrer Küste. Sie bedurften keiner Rechtfertigung ihres Daseins. Sie anzusehen war ein rechtes Labsal. Eine Weile hatte ich dann das Gefühl, ich gehörte noch zu einer Welt redlicher Tatsachen; doch das Gefühl hielt nicht lange vor. Stets begab sich irgend etwas, das es verscheuchte. Einmal, erinnere ich mich, begegneten wir einem Kriegsschiff, das vor der Küste ankerte. Nicht einmal ein Schuppen stand dort, doch es feuerte gleichwohl in den Busch. Anscheinend führten die Franzosen dort herum Krieg. Die Flagge des Kriegsschiffes hing schlaff wie ein Lappen herunter; die Mündungen der langen Sechs-Zoll-Geschütze ragten über dem niedrigen Schiffsrumpf auf; die fettige, schlickige Dünung wiegte das Schiff träge auf und ab und brachte seine schlanken Masten in schwingende Bewegung. In der leeren Unermeßlichkeit von Erde, Himmel und Wasser feuerte es sinnlos in einen Kontinent. Wums – eines der Sechs-Zoll-Geschütze krachte; eine kleine Stichflamme schoß aus der Mündung und erlosch; ein weißes Rauchwölkchen verzog sich; ein winziges Geschoß verursachte ein leise jaulendes Geräusch – und nichts geschah. Nichts konnte geschehen. Dem Beginnen haftete eine Spur von Irrsinn, dem Anblick eine jämmerliche Komik an, die auch jener gute Mann an Bord nicht zu zerstreuen vermochte, der mir ernstlich versicherte, dort, irgendwo außer Sichtweite befinde sich verborgen ein Lager der Eingeborenen – er nannte sie Feinde!

Wir übergaben dem Schiff seine Post (ich hörte, daß von der Besatzung dieses einsamen Schiffes täglich ungefähr drei Mann am Fieber stürben) und fuhren weiter. Wir liefen einige andere Ortschaften mit possenhaften Namen an, wo der flotte Tanz des Todes und des Handels in einer lastenden und fahlen Atmosphäre gleich der einer überhitzten Katakombe weiterging; immer die gestaltlose Küste entlang, die von einer gefährlichen Brandung gesäumt wird, so als habe die Natur selber die Eindringlinge fernzuhalten versucht; fuhren in Flüsse hinein und wieder hinaus: Ströme des Todes mitten im Leben, Ströme, deren Ufer in Morast zerfielen, deren schlammiges Wasser die krüppelhaften Mangroven überschwemmte, die sich uns qualverzerrt entgegenreckten wie in letzter ohnmächtiger Verzweiflung. Nirgends blieben wir lange genug liegen, um einen ins einzelne gehenden Eindruck zu gewinnen, aber das allgemeine Gefühl vager, bedrückender Verwunderung wurde immer stärker in mir. Es war wie eine beschwerliche Pilgerfahrt unter Schreckensahnungen.

Über dreißig Tage verstrichen, ehe ich die Mündung des großen Flusses erblickte. Wir ankerten vor dem Regierungssitz. Doch meine Arbeit sollte erst zweihundert und etliche Meilen weiter flußaufwärts beginnen. Darum brach ich so bald wie möglich zu einem Ort dreißig Meilen weiter oberhalb auf.

Ich machte die Reise auf einem kleinen seetüchtigen Dampfer. Der Kapitän war Schwede, und da er wußte, daß ich ein Seemann war, lud er mich zu sich auf die Kommandobrücke ein. Er war ein junger Mann, hager, blond und mürrisch, mit strähnigem Haar und schlurfendem Gang. Als wir den erbärmlichen kleinen Landungssteg verließen, wies er verächtlich mit dem Kopf nach der Küste. ›Dort gewesen?‹ fragte er. Ich bejahte. ›Nette Bande, diese Leute von der Regierung – nicht?‹ fuhr er fort und sprach das Englisch mit großer Präzision und erheblicher Bitterkeit. ›Komisch, wozu sich manche Menschen für ein paar Franken im Monat hergeben. Ich frage mich, was aus denen wird, wenn sie ins Innere kommen.‹ Ich sagte ihm, gerade ins Innere hoffte ich bald zu gelangen. ›So-o-o!‹ rief er. Er schlurfte auf die andere Seite und hielt den Blick wachsam voraus gerichtet. ›Seien Sie Ihrer Sache nicht so sicher‹, fuhr er fort. ›Letzthin nahm ich einen Mann an Bord, der sich unterwegs aufhängte. Er war auch Schwede.‹ ›Sich aufhängte! Warum nur, um Himmels willen?‹ rief ich. Er blickte weiterhin wachsam voraus. ›Wer vermöchte das zu sagen? Vielleicht ist ihm die Sonne nicht bekommen oder das Land.‹

Schließlich erreichten wir eine weit offene Uferstrecke. Eine Felsenklippe tauchte auf, Haufen aufgewühlten Erdreichs am Ufer, Häuser auf einem Hügel, andere Häuser mit Blechdächern zwischen mondkraterartigen Ausschachtungen oder schräg am Berghang lehnend. Ein beständiges Getöse, das von den Wasserfällen oben in den Bergen herrührte, schwebte über diesem Bild einer bewohnten Wüstenei. Eine Menge Menschen, die meisten schwarz und nackt, bewegten sich wie Ameisen umher. Eine Landungsbrücke ragte in den Fluß hinaus. Der blendende Sonnenschein ließ von Zeit zu Zeit alles in einem plötzlichen Lichtwall untergehen. ›Dort ist die Niederlassung Ihrer Gesellschaft‹, sagte der Schwede und deutete auf drei hölzerne, barackenähnliche Gebäude am felsigen Abhang. ›Ich werde Ihr Gepäck hinaufschaffen lassen. Vier Kisten, sagten Sie? Gut. Leben Sie wohl.‹

Ich stolperte über einen im Grase liegenden Dampfkessel und fand dann einen Pfad, der den Hügel hinaufführte. Ich bog um Steinblöcke und auch um eine Lore, die auf der Ladefläche lag und ihre Räder in die Luft streckte. Eines davon war abgefallen. Das Ding wirkte leblos wie der Kadaver eines Tieres. Ich stieß auf weitere zerfallende Maschinenteile, auf einen Stapel rostiger Schienen. Zur Linken bot eine Baumgruppe einigen Schatten, in welchem sich dunkle Gestalten leise zu regen schienen. Ich blinzelte. Der Pfad war steil. Zur Rechten tutete ein Horn, und ich sah, wie das schwarze Volk davonstob. Eine schwere, dumpfe Detonation erschütterte den Boden, eine Rauchwolke quoll aus der Klippe, und das war alles. Sie bauten eine Eisenbahn. Die Klippe war nicht im Weg und störte auch sonst nicht; doch diese sinnlose Sprengerei war die einzige Arbeit, die hier geleistet wurde.

Ein leises Klirren hinter mir ließ mich den Kopf wenden. Sechs Schwarze mühten sich in einer Reihe den Pfad herauf. Sie schritten aufrecht und langsam einher, balancierten kleine Körbe voll Erde auf den Köpfen, und das Klirren hielt Takt mit ihrem Schritt. Schwarze Lappen waren um ihre Lenden gewickelt, und die hinteren Zipfel bewegten sich wie wackelnde Schwänze. Ich konnte alle ihre Rippen zählen; die Gelenke ihrer Gliedmaßen waren wie Knoten in einem Seil; jeder hatte einen eisernen Ring um den Hals, und sie waren alle durch eine Kette miteinander verbunden, die zwischen ihnen, rhythmisch klirrend, hin und her schwang. Ein neuerliches Krachen von der Felsklippe her ließ mich plötzlich an jenes Kriegsschiff denken, das ich hatte in einen Kontinent schießen sehen. Es war derselbe heillose Klang; doch diese Männer konnten auch bei angestrengter Phantasie nicht als Feinde bezeichnet werden. Sie wurden Verbrecher genannt, und das beleidigte Gesetz war gleich den platzenden Granaten als ein unlösbares Rätsel vom Meer über sie hereingebrochen. Ihre mageren Brustkörbe keuchten, die wild geblähten Nüstern bebten, die Augen starrten steinern den Hügel hinan. Sie schritten im Abstand von kaum sechs Zoll an mir vorüber, ohne mir einen Blick zuzuwerfen, mit dieser vollkommenen, totenähnlichen Gleichgültigkeit unglücklicher Wilder. Hinter diesem Menschenmaterial schlenderte einer der Bekehrten, das Produkt der neuen Kräfte, die hier am Werk waren, verdrossen einher und hielt ein Gewehr in der Mitte umfaßt. Er trug einen Uniformrock, an dem ein Knopf fehlte, und als er einen Weißen auf dem Pfad erblickte, schulterte er diensteifrig das Gewehr. Das geschah einfach aus Klugheit, denn die Weißen sahen einander auf größere Entfernung so ähnlich, daß er nicht zu sagen vermocht hätte, wer ich wohl sei. Geschwind hatte er sich vergewissert, daß ich ihm nichts antun würde, und schien mich mit einem breiten, zähneblitzenden, schurkischen Grinsen und einem Seitenblick auf seine Schutzbefohlenen zum Partner in seiner erhabenen Pflegschaft machen zu wollen. Nach allem hatte ich doch ebenfalls teil am großen Endzweck dieses hoheitsvollen und gerechten Beginnens.

Anstatt hinaufzugehen, wandte ich mich um und stieg nach links hinab. Ich hatte die Absicht, mich ein wenig zu verweilen, bis diese Kettenträger außer Sicht seien, ehe ich weiter den Hügel erklomm. Ihr wißt, ich bin nicht sonderlich zart besaitet; ich habe oft genug Schläge austeilen und abwehren müssen. Ich habe mich verteidigen und zuweilen auch angreifen müssen – was nur eine Art der Verteidigung ist –, ohne an die Folgen denken zu können, je nachdem wie die Lebensform, auf die ich nun einmal verfallen war, es verlangte. Ich habe den Teufel der Gewalttätigkeit und den Teufel der Habsucht und den Teufel heißer Begierde kennengelernt; doch, weiß der Himmel! das waren stämmige, rüstige Teufel mit blutunterlaufenen Augen gewesen, die den Stock schwangen und Menschen schindeten – Menschen, sage ich. Doch als ich da in dieser Hügellandschaft stand, begriff ich, daß ich unter dem blendenden Sonnenschein dieses Landes Bekanntschaft mit einem schlappen, eingebildeten, kurzsichtigen Teufel raubgierigen und erbarmungslosen Wahnsinns machen würde. Wie heimtückisch dieser Teufel obendrein sein konnte, sollte ich erst einige Monate später und tausend Meilen weiter im Innern erfahren. Erschrocken blieb ich einen Augenblick lang stehen, wie nach einem Warnsignal. Schließlich stieg ich den Hügel schräg zu jenen Bäumen hinab, die ich vorher gesehen hatte.

Ich umging ein riesiges künstliches Loch, das irgend jemand in den Abhang gegraben hatte und dessen Zweck ich mit dem besten Willen nicht zu erraten vermochte. Jedenfalls handelte es sich weder um einen Steinbruch noch um eine Sandgrube. Es war einfach ein Loch. Vielleicht mochte es mit dem menschenfreundlichen Wunsch zusammenhängen, Verbrechern eine Beschäftigung zu geben. Ich weiß nicht. Dann fiel ich beinahe in eine sehr schmale Rinne, fast nur ein Spalt im Boden. Ich entdeckte, daß eine Menge importierter Drainagerohre für die Siedlung dort hineingeworfen worden war. Nicht ein einziges war heil geblieben. Es war mutwillige Zerstörung. Schließlich gelangte ich unter die Bäume. Ich hatte beabsichtigt, mich hier eine Weile im Schatten zu ergehen; doch kaum war ich in den Schatten eingetaucht, meinte ich, die düsteren Gründe irgendeines Infernos betreten zu haben. Die Stromschnellen befanden sich in der Nähe, und ein unaufhörliches, gleichmäßiges, ungestümes Rauschen erfüllte die trübselige Stille des Hains, in dem sich kein Lüftchen regte, kein Blatt bewegte, mit einem geheimnisvollen Klang – gleichsam als sei der rasende Lauf der vorwärtsstürmenden Erde plötzlich hörbar geworden.

Schwarze Gestalten kauerten, lagen, saßen ringsumher zwischen den Bäumen, an die Stämme gelehnt, sich an die Erde klammernd, halb sich abzeichnend in dem trüben Licht, halb davon verwischt, in allen Stellungen des Schmerzes, der Preisgegebenheit, der Verzweiflung. Auf der Klippe explodierte wieder eine Sprengladung, und durch den Boden unter meinen Füßen lief ein leises Beben. Die Arbeit ging weiter. Die Arbeit! Und dies war der Ort, wohin sich einige der Helfer zurückgezogen hatten, um zu sterben.

Sie starben langsam – das war sehr deutlich. Sie waren keine Feinde, sie waren keine Verbrecher, sie waren nichts Irdisches mehr – nichts als schwarze Schatten der Krankheit und des Hungers, die durcheinandergeworfen in der grünlichen Düsternis lagen. Herangeschleppt aus allen Schlupfwinkeln der Küste, mit der ganzen Rechtmäßigkeit zeitlicher Verträge, verloren in einer unfreundlichen Umgebung, versorgt mit unzulänglicher Nahrung, begannen sie dahinzusiechen, wurden arbeitsuntauglich und erhielten die Erlaubnis davonzukriechen, um sich auszuruhen. Diese todgeweihten Gestalten waren frei wie die Luft – und nahezu ebenso dünn. Ich begann den Glanz von Augen unter den Bäumen zu erkennen. Dann, als ich mich bückte, sah ich ein Gesicht neben meiner Hand. Die schwarzen Gliedmaßen lagen langausgestreckt da, die eine Schulter war gegen den Baum gelehnt, und nun hoben sich langsam die Lider, und die eingesunkenen Augen blickten zu mir auf: riesig und leer, ein blindes, weißes Flackern in den Tiefen der Augäpfel, das langsam erstarb. Der Mann schien jung zu sein – fast noch ein Knabe – aber wie ihr wißt, läßt sich das bei ihnen schwer sagen. Ich vermochte nichts anderes zu tun, als ihm einen der guten schwedischen Schiffsbiskuits anzubieten, die ich in der Tasche hatte. Die Finger schlossen sich langsam darum – und hielten ihn fest – sonst keine Bewegung und kein weiterer Blick. Er hatte ein Stück weißen Zwirn um den Hals gebunden – Wozu? Woher hatte er das? War es ein Abzeichen – ein Schmuck – ein Amulett – ein Sühnezeichen? War überhaupt eine Vorstellung damit verknüpft? Es wirkte überraschend an seinem schwarzen Hals, dieses Stück weißen Fadens von jenseits der Meere.

In der Nähe desselben Baumes saßen noch zwei solcher Knochenmänner mit hochgezogenen Beinen. Der eine hatte sein Kinn auf die Knie gestützt und starrte in einer unerträglichen und fürchterlichen Weise ins Leere: sein Unglücksgefährte ließ die Stirn aufruhen, wie von großer Müdigkeit übermannt; und ringsumher verstreut waren andere in allen Stellungen schmerzverzerrter Entkräftung zu sehen – wie auf dem Bild eines Massakers oder einer Seuche. Während ich starr vor Entsetzen dastand, erhob sich eines dieser Geschöpfe und kroch auf allen vieren zum Fluß, um zu trinken. Es schlürfte das Wasser aus der hohlen Hand, hockte sich dann mit gekreuzten Schienbeinen in die Sonne, und nach einer Weile sank ihm der wollige Kopf auf das Brustbein herab.

Mir war die Lust vergangen, im Schatten umherzuschlendern, und ich schritt eilig zur Handelsniederlassung. Als ich in die Nähe der Gebäude kam, begegnete ich einem Weißen in so unerwartet schmuckem Aufzug, daß ich ihn im ersten Augenblick für eine Vision hielt. Ich gewahrte einen hohen gestärkten Kragen, weiße Manschetten, ein leichtes Alpaka-Jackett, schneeweiße Hosen, eine helle Krawatte und polierte Schuhe. Keinen Hut. Gescheiteltes Haar, glatt gebürstet und ölig, unter einem grüngefütterten Sonnenschirm, den eine große weiße Hand hielt. Er wirkte geradezu ungeheuerlich und trug einen Federhalter hinterm Ohr.

Ich schüttelte dieser Wundererscheinung die Hand und erfuhr, daß der Mann Hauptbuchhalter der Gesellschaft war und daß die ganze Buchhaltung in dieser Niederlassung von ihm erledigt wurde. Er sei für einen Augenblick herausgekommen, sagte er, ›um etwas frische Luft zu schnappen‹. Dieser Ausdruck klang einigermaßen absonderlich wegen der Andeutung eines seßhaft geruhsamen Schreibtisch-Daseins. Ich würde den Burschen nicht erwähnen, hätte ich aus seinem Munde nicht den Namen jenes Mannes erfahren, der mit meiner Erinnerung an jene Zeit so unlöslich verknüpft ist. Außerdem flößte mir der Bursche Respekt ein. Ja, ich hatte Respekt vor seinem Kragen, seinen riesigen Manschetten, seinem geschniegelten Haar. Natürlich wirkte er wie eine Friseurpuppe; doch bei der allgemeinen Verwahrlosung hielt er auf tadellosen Anzug. Das nenne ich Rückgrat. Seine blütenweiße Hemdbrust und sein gestärkter Kragen waren eine Charakterleistung. Er war schon fast drei Jahre draußen; und bei späterer

Gelegenheit konnte ich mich nicht enthalten, ihn zu fragen, wie er es fertigbrachte, solche Wäsche zu tragen. Er errötete kaum merklich und sagte bescheiden: ›Ich habe eine der Eingeborenenfrauen aus der Niederlassung unterwiesen. Es war schwierig. Ihr war die Arbeit zuwider.‹ So hatte dieser Mann wahrhaftig etwas geleistet. Er hing leidenschaftlich an seinen Büchern, die sich in der allerschönsten Ordnung befanden.

Alles sonst in der Niederlassung war in Unordnung – die Köpfe, die Gerätschaften, die Gebäude. Züge staubbedeckter plattfüßiger Neger trafen ein und brachen wieder auf; ein Strom von Fabrikwaren, Baumwollzeug, Glasperlen und Messingdraht ergoß sich in die Tiefen der Finsternis, und dafür sickerte von dort ein kostbares Elfenbeinrinnsal zurück.

Ich mußte zehn Tage in der Niederlassung warten – eine Ewigkeit. Ich wohnte in einer Hütte des Anwesens, doch um dem Chaos zu entgehen, flüchtete ich mich zuweilen in das Büro des Buchhalters. Es war aus waagerechten Brettern gezimmert, die so schlecht verfugt waren, daß er, wenn er sich über sein Pult beugte, von Kopf bis Fuß mit einem Muster schmaler Sonnenstreifen bedeckt war. Man mußte die Läden nicht erst öffnen, um etwas zu sehen. Obendrein war es heiß dort. Große Fliegen surrten mit teuflischer Bosheit durch den Raum; und sie stachen nicht etwa bloß, sondern versetzten einem förmlich Dolchstöße. Ich saß gewöhnlich auf dem Boden, während er, von makellosem Äußerem (und sogar leicht parfümiert), auf einem hohen Schemel hockte und schrieb und schrieb. Manchmal stand er auf, um sich Bewegung zu machen. Als ein flaches Rollbett mit einem Kranken (einem hinfälligen Handelsvertreter aus dem Inneren) hereingeschoben wurde, bekundete er leisen Verdruß. ›Das Gestöhn dieses Kranken‹, sagte er, ›beeinträchtigt meine Aufmerksamkeit. Und in diesem Klima muß man sich vor Buchungsfehlern besonders hüten.‹

Eines Tages bemerkte er, ohne den Kopf zu heben: ›Im Innern werden Sie zweifellos Herrn Kurtz begegnen.‹ Auf meine Frage, wer denn Herr Kurtz sei, antwortete er mir, er sei ein erstklassiger Agent; und da er meine Enttäuschung bei dieser Mitteilung gewahrte, fügte er langsam hinzu, indem er seinen Federhalter hinlegte: ›Er ist eine sehr bemerkenswerte Persönlichkeit.‹ Durch weitere Fragen entlockte ich ihm, daß Herr Kurtz gegenwärtig eine Handelsstation leite, eine sehr wichtige, im eigentlichen Elfenbeinland, ›geradezu in dessen Herzen. Er schickt uns mehr Elfenbein als alle die anderen zusammen . . .‹ Er begann wieder zu schreiben. Der Kranke war zu elend, um zu stöhnen. Die Fliegen summten in großem Frieden um uns her.

Plötzlich vernahm man ein wachsendes Stimmengewirr und ein lautes Getrampel von Füßen. Eine Karawane war eingetroffen. Auf der anderen Seite der Bretterwand brach ein wildes Geplapper seltsamer Stimmen los. Alle Träger redeten durcheinander, und inmitten dieses Aufruhrs war die weinerliche Stimme des Generalagenten zu hören, der schon zum zwanzigsten Mal an diesem Tag ›nicht mehr aus noch ein wußte‹ ... Der Buchhalter stand langsam auf. ›Was für ein entsetzlicher Lärm‹, sagte er. Er durchquerte sacht den Raum, um nach dem kranken Mann zu sehen, und sagte, als er zurückkam: ›Er hört es nicht.‹ ›Was! tot?‹ fragte ich betroffen. ›Nein, noch nicht‹, antwortete er sehr gelassen. Dann wies er mit einer Kopfbewegung auf den Tumult im Hof der Handelsniederlassung und meinte: ›Wenn man korrekte Eintragungen zu machen hat, bleibt es nicht aus, daß man langsam einen Haß gegen diese Wilden empfindet – einen tödlichen Haß.‹ Einen Augenblick lang verharrte er sinnend. ›Wenn Sie Herrn Kurtz begegnen‹, fuhr er fort, ›dann richten Sie ihm doch von mir aus, hier‹ – er blickte auf den Tisch – ›stehe alles zum besten. Ich schreibe ihm nicht gern in die Zentralstation – bei den Boten, die wir haben, weiß man nie, wem der Brief in die Hände fällt.‹ Er starrte mich eine Weile mit seinen sanften, vorquellenden Augen an. ›Oh, er wird es weit bringen, sehr weit‹, begann er abermals. ›Nicht lange, und er hat seinen Posten in der Verwaltung. Die da oben – der Verwaltungsrat in Europa, wissen Sie – wollen ihn dort haben.‹

Er wandte sich wieder seiner Arbeit zu. Draußen

hatte der Lärm aufgehört, und als ich bald darauf hinausging, blieb ich an der Tür stehen. Im stetigen Gesumm der Fliegen lag der heimkehrende Agent gerötet und bewußtlos da; der andere saß über seine Bücher gebeugt und machte korrekte Eintragungen über absolut korrekte Tauschgeschäfte; und fünfzig Fuß unterhalb der Türschwelle konnte ich die stillen Baumspitzen des Todeshaines sehen.

Am nächsten Tag verließ ich endlich diese Station und brach mit einer sechzig Mann starken Karawane zu einer zweihundert Meilen langen Wanderung auf.

Es hat keinen Sinn, euch viel davon zu berichten. Fußpfade, Fußpfade – überall; ein eingetrampeltes Netzwerk von Fußpfaden, das sich über das leere Land breitete, durch hohes Gras, durch verbranntes Gras, durch Dickicht, durch kühle Schluchten, über steinige, flammendheiße Berge; und eine Einsamkeit, eine Einsamkeit; keine Menschenseele, nicht eine einzige Hütte weit und breit. Die Bevölkerung war lange zuvor abgewandert. Nun, wenn einem Haufen geheimnisvoller Neger, ausgerüstet mit allerlei schrecklichen Waffen, plötzlich in den Sinn käme, über die Straße zwischen Deal und Gravesend zu ziehen und dabei links und rechts die Bauernlümmel einzufangen, damit sie ihnen die schweren Lasten trügen, würden sich, wie ich mir lebhaft vorstellen kann, sehr bald sämtliche Gehöfte und Bauernhäuser in dieser Gegend leeren. Nur waren hier auch die Wohnstätten verschwunden. Immerhin kam ich durch mehrere verlassene Dörfer. Es liegt etwas ergreifend Kindliches über den Ruinen von Grasmauern. Tagein, tagaus das Stampfen und Schlurfen von sechzig Paar nackter Füße hinter mir – jedes Paar unter einer Last von sechzig Pfund. Kampieren, abkochen, schlafen, das Zelt abschlagen, marschieren. Dann und wann im hohen Gras neben dem Pfad ein Träger, tot unter seinem Joch, den leeren Wasserkürbis und den langen Stab neben sich. Eine große Stille rings um uns und über uns. Vielleicht in einer ruhigen Nacht das Dröhnen ferner Trommeln, verhallend, anschwellend; ein Beben – gewaltig und dann wieder schwach; ein unheimlicher, flehender, vielsagender, ein wilder Klang – und vielleicht ebenso tief bedeutsam wie das Läuten der Glocken in einem christlichen Land. Einmal dann ein Weißer in aufgeknöpftem Uniformrock, der mit seiner bewaffneten Eskorte von Zanzibaris auf dem Pfad kampierte – sehr gesellig und fröhlich, um nicht zu sagen bezecht. Er inspiziere gerade die Ausbesserungsarbeiten an der Straße, erklärte er. Ich konnte nicht behaupten, irgendwo eine Straße oder Ausbesserungsarbeiten zu sehen, es sei denn, der Leichnam eines Negers mittleren Alters, mit einem Kugeleinschuß in der Stirn, über den ich drei Meilen weiter buchstäblich stolperte, durfte als bleibende Verbesserung betrachtet werden. Ich hatte noch einen weißen Gefährten – kein übler Bursche, doch eigentlich zu beleibt und mit der aufreizenden Angewohnheit behaftet, auf heißen Bergabhängen in Ohnmacht zu fallen, Meilen entfernt von jeglichem Schatten oder Wasser. Wirklich lästig, wißt ihr, die eigene Jacke als Sonnenschirm über den Kopf eines Mannes halten zu müssen, während dieser wieder zu sich kommt. Einmal konnte ich mich nicht enthalten, ihn zu fragen, in welcher Absicht er überhaupt hier herausgekommen sei. ›Um Geld zu verdienen, natürlich. Was denken Sie?‹ sagte er verächtlich. Dann packte ihn das Fieber, und er mußte in einer um eine Stange geschlungenen Hängematte weitergetragen werden. Da er über zwei Zentner wog, hatte ich ewig Scherereien mit den Trägern. Sie waren störrisch, liefen fort, stahlen sich des Nachts mit ihren Lasten davon – eine regelrechte Meuterei. So hielt ich eines Abends eine Ansprache in Englisch, begleitet von Gesten, deren Sinn den sechzig Augenpaaren vor mir nicht entging, und am nächsten Morgen gelang es mir denn auch, die Hängematte voraustragen zu lassen. Eine Stunde später fand ich den ganzen Kram gestrandet im Gebüsch liegen – Mann, Hängematte, Wolldecke, Gejammer und Entsetzen. Die schwere Stange hatte seine arme Nase zerschunden. Er beschwor mich, jemanden zu töten, doch nicht die Spur eines Trägers war weit und breit zu sehen. Ich mußte an den alten Arzt denken – ›es käme der Wissenschaft sehr zustatten, die geistigen Veränderungen der Individuen an Ort und Stelle beobachten zu können.‹ Ich hatte das Gefühl, wissenschaftlich interessant zu werden. All das jedoch nutzt einem nichts. Am fünfzehnten Tag kam mir der große Fluß wieder zu Gesicht, und ich humpelte in die Zentralstation. Sie lag an einem Nebenarm und war von Gebüsch und Wald umgeben, mit einem netten Gürtel übelriechenden Morasts auf der einen und einem wackligen Schilfzaun auf den drei anderen Seiten. Eine unausgebesserte Zaunlücke bildete den einzigen Zugang, den die Station besaß, und ein Blick auf diesen Ort genügte, um einem die Gewißheit zu geben, daß hier jener schlappe Teufel das Regiment führe. Träge tauchten einige Weiße mit langen Stäben in den Händen zwischen den Gebäuden auf, schlenderten heran, um mich zu besehen, und verschwanden dann wieder von der Bildfläche. Einer von ihnen, ein untersetzter, leicht erregbarer Kerl mit schwarzem Schnurrbart, teilte mir, als ich ihm sagte, wer ich sei, unter großem Redeaufwand und mit vielen Umschweifen mit, daß mein Dampfer auf dem Grund des Flusses liege. Ich war wie vom Donner gerührt. Was, wie, warum? Oh, es sei ›schon recht‹. Der Direktor sei ›persönlich‹ zugegen gewesen. Alles ganz korrekt. ›Jedermann hat sich glänzend geführt! glänzend!‹ – ›Sie müssen‹, sagte er aufgeregt, ›sofort beim Direktor vorsprechen. Er wartet schon!‹

Ich durchschaute nicht sogleich, welche Bewandtnis es mit jenem Schiffbruch wirklich hatte. Ich glaube, es jetzt zu wissen, doch ich bin mir nicht sicher – keineswegs sicher. Freilich war die Sache – wenn ich es mir recht überlege – gar zu albern, als daß es dabei hätte mit rechten Dingen zugehen können. Dennoch ... Im ersten Augenblick stellte sie sich mir einfach als ein infames Mißgeschick dar. Der Dampfer war gesunken. In plötzlicher Eile waren sie zwei Tage zuvor, mit dem Direktor an Bord, unter dem Kommando irgendeines hergelaufenen Schiffers den Fluß hinaufgefahren, und ehe sie drei Stunden unterwegs gewesen, hatten sie auch schon den Boden des Schiffes auf dem steinigen Grund des Flusses aufgerissen, und so war der Dampfer dicht am Südufer gesunken. Ich fragte mich, was ich dort eigentlich sollte, jetzt, da mein Schiff verloren war. Tatsächlich hatte ich aber alle Hände voll zu tun, mein Schiff aus dem Fluß zu ziehen. Ich mußte mich gleich am nächsten Tag daranmachen. Dies und die Reparaturarbeiten nahmen, nachdem erst einmal die Ersatzteile herbeigeschafft waren, mehrere Monate in Anspruch.

Meine erste Unterredung mit dem Direktor war merkwürdig. Er bot mir keinen Stuhl an nach meinem zwanzig Meilen langen Fußmarsch an jenem Morgen. Seine Hautfarbe, die Züge seines Gesichts, sein Benehmen und seine Stimme hatten etwas Vulgäres. Er war von mittlerer Größe und normalem Wuchs. Vielleicht sahen seine Augen, die vom gewöhnlichsten Blau waren, bemerkenswert kühl drein, und er verstand es zweifellos, seinen Blick so schneidend und schwer wie eine Axt auf einen herabfallen zu lassen. Doch selbst damals schien der Rest seiner Person diese Absicht zu widerlegen. Sonst gab es da nur noch einen unbestimmbaren, leisen Zug um seine Lippen, etwas Heimliches – ein Lächeln – nein, kein Lächeln – ich sehe es noch vor mir, doch ich kann es nicht beschreiben. Es war unbewußt, dieses Lächeln, obwohl es sich, sobald er etwas gesagt hatte, für einen Augenblick verstärkte. Es stellte sich am Ende seiner Äußerungen ein, wie ein Siegel, das den Worten aufgedrückt wurde, um den Sinn der alltäglichsten Phrasen absolut unergründlich zu machen. Er war ein gewöhnlicher Handelsmann, war von Jugend auf in dieser Gegend beschäftigt worden – das war alles. Ihm wurde gehorcht, doch er weckte weder Liebe noch Furcht – ja, nicht einmal Respekt. Er weckte Unbehagen. Das war es. Unbehagen. Kein ausgesprochenes Mißtrauen – einfach Unbehagen – nichts weiter. Ihr glaubt gar nicht, wie wirkungsvoll solch eine ... eine ... Gabe sein kann. Er hatte kein organisatorisches, unternehmerisches oder auch nur Ordnung stiftendes Talent. Das wurde an solchen Dingen offenbar wie dem erbärmlichen Zustand der Station. Er besaß keine Bildung, keine Klugheit. Er war zu dieser Stellung gelangt – warum eigentlich? Vielleicht weil er nie krank wurde ... Dreimal hatte er dort draußen eine Zeitspanne von je drei Jahren abgedient ... Weil eine sieghafte Gesundheit bei dem vorherrschenden Verfall der Körperkräfte an sich schon eine Macht darstellt. Wenn er auf Heimaturlaub ging, tobte er sich in großem Stile aus – bombastisch. Jan Maat an Land – nur in Äußerlichkeiten davon unterschieden. Soviel konnte man seinen beiläufigen Bemerkungen entnehmen. Er gab zu nichts den Anstoß, er vermochte das Gewohnte in Gang zu halten – das war alles. Doch er war groß. Er war groß dank diesem kleinen Umstand, daß es unmöglich war zu sagen, was ihn wohl leiten mochte. Er gab dieses Geheimnis nie preis. Vielleicht steckte gar nichts in ihm. Solch ein Verdacht konnte einen stutzig machen – denn dort unten gab es ja keine äußerlichen Hemmungen. Einmal, als verschiedene Tropenkrankheiten nahezu alle ›Agenten‹ in der Station niedergestreckt hatten, hörte man ihn sagen: ›Männer, die hier herauskommen, sollten keine Eingeweide haben.‹ Er besiegelte diese Äußerung mit jenem eigentümlichen Lächeln, gleichsam als sei dies eine Tür, die sich in ein Dunkel öffnete, das ihm allein zugänglich war. Man bildete sich ein, Dinge gesehen zu haben – doch waren es Dinge mit sieben Siegeln. Da ihn bei den Mahlzeiten das fortgesetzte Gezänk der Weißen über die Rangordnung ärgerte, ließ er einen riesigen runden Tisch schreinern, für den ein besonderes Haus gebaut werden mußte. Dies war die Messe der Handelsniederlassung. Wo er saß, war der erste Platz – die übrigen waren nirgendwo. Man hatte das Gefühl, dies sei seine unwandelbare Überzeugung. Er war weder höflich noch unhöflich.

Er war ruhig. Er duldete, daß sein ›Boy‹ – ein überfütterter junger Neger von der Küste – die anderen Weißen vor seinen Augen mit aufreizender Unverschämtheit behandelte.

Sobald er meiner ansichtig wurde, begann er zu reden. Ich sei sehr lange unterwegs gewesen. Er habe nicht warten können. Habe ohne mich aufbrechen müssen. Die Handelsstationen am Oberlauf seien zu entlasten gewesen. Es hätte schon so viele Verzögerungen gegeben, daß er gar nicht mehr wisse, wer tot und wer noch am Leben sei und wie sie zu Rande kämen – und so weiter und so weiter. Er schenkte meinen Erklärungen keinerlei Beachtung und wiederholte, während er mit einer Stange Siegellack spielte, zu verschiedenen Malen, die Lage sei ›sehr ernst, sehr ernst‹. Einem Gerücht zufolge sei eine sehr wichtige Station in Gefahr, und ihr Leiter, Herr Kurtz, sei krank. Er hoffe nur, es bewahrheite sich nicht. Herr Kurtz sei ... Ich war müde und gereizt. Zum Henker mit Kurtz, dachte ich. Ich fiel ihm mit der Bemerkung ins Wort, ich hätte schon an der Küste von Herrn Kurtz gehört. ›Ah! Dort unten redet man also schon von ihm‹, murmelte er vor sich hin. Dann fing er wieder an und versicherte mir, Herr Kurtz sei der beste Vertreter, den er habe, ein ungewöhnlicher Mann und von der größten Bedeutung für die Gesellschaft; darum würde ich seine Sorge wohl verstehen. Er sei, sagte er, ›sehr, sehr in Unruhe‹. Er rutschte in der Tat mächtig auf seinem

Stuhl hin und her und rief: ›Ah, Herr Kurtz!‹ zerbrach die Siegellackstange und schien zutiefst betroffen von diesem Mißgeschick. Als nächstes wollte er wissen, ›wieviel Zeit nötig sei, um‹ . . . Ich fiel ihm abermals ins Wort. Ich war hungrig, mußte obendrein stehen, und da begann ich unhöflich zu werden. ›Woher soll ich das wissen?‹ sagte ich. ›Ich habe das Wrack noch nicht einmal gesehen – einige Monate, zweifellos.‹ All dieses Gerede schien mir so unnütz. ›Einige Monate‹, sagte er. ›Nun, sagen wir, drei Monate, ehe wir aufbrechen können. Ja. Das sollte für die Angelegenheit genügen.‹ Ich stürmte aus seiner Hütte (er wohnte allein in einer Lehmhütte mit einer Art Veranda) und murmelte vor mich hin, was ich von ihm hielt. Er war ein schwatzhafter Idiot. Später nahm ich das zurück, als mir zu meiner Verwunderung bewußt wurde, wie überaus genau er die Zeit abgeschätzt hatte, die für ›die Angelegenheit‹ nötig war.

Ich machte mich am nächsten Tag an die Arbeit und kehrte sozusagen jener Station den Rücken. Auf diese Weise allein, so schien es mir, vermochte ich in Berührung mit den erlösenden Tatsachen des Lebens zu bleiben. Dennoch muß man sich gelegentlich mal umblicken; und da sah ich dann diese Station, diese Männer, die ziellos im Sonnenschein des Anwesens umherschlenderten. Ich fragte mich zuweilen, was dies alles zu bedeuten habe. Mit ihren albernen langen Stäben in der Hand stiefelten sie hierhin und dorthin, einer Schar ungläubiger Pilger gleich, verhext hinter einem morschen Zaun. Das Wort ›Elfenbein‹ scholl durch die Luft, wurde geflüstert, wurde geseufzt. Man hätte meinen können, sie beteten es an. Der Pesthauch aberwitziger Raubgier schien das alles, wie Aasgeruch, zu durchdringen. Bei Gott! Ich hatte nie etwas so Unwirkliches in meinem Leben gesehen. Und draußen war die schweigende Wildnis, die dieses gerodete Fleckchen Erde umgab, wie etwas Großes und Unbesiegbares, wie das Böse oder die Wahrheit selbst – geduldig darauf wartend, daß dieser spukhafte Überfall ein Ende nähme.

Oh, diese Monate! Nun, gleichviel. Mancherlei ereignete sich. Eines Abends brach Feuer aus in einem Grasschuppen voller Kaliko, bedrucktem Baumwollstoff, Glasperlen und was weiß ich nicht allem, und zwar so plötzlich, daß man hätte meinen können, die Erde habe sich aufgetan, um all diesen Plunder von einem rächenden Brand vertilgen zu lassen. Ich rauchte neben meinem abgetakelten Dampfer friedlich meine Pfeife und schaute zu, wie sie mit hochgeworfenen Armen im Feuerschein ihre Possen trieben, als der untersetzte, schnurrbärtige Mann, einen Blechtopf in der Hand, ans Flußufer gelaufen kam, mir versicherte, daß jeder sich ›glänzend führe, glänzend‹, ungefähr einen Liter Wasser schöpfte und wieder zurückrannte. Ich bemerkte, daß ein Loch im Boden des Napfes war.

Ich schlenderte hinauf. Es hatte keine Eile. Wißt ihr, das Ding war in Flammen aufgegangen wie eine Schachtel Zündhölzer. Hoffnungslos von Anfang an. Die Flamme war hoch aufgeschlagen, hatte jedermann in die Flucht getrieben, alles hell erleuchtet – und war in sich zusammengesunken. Der Schuppen war bereits ein Haufen glühender Asche. In der Nähe wurde ein Neger verprügelt. Man sagte, er habe auf irgendeine Weise den Brand verursacht; wie dem auch sei, er schrie ganz fürchterlich. Ich sah ihn später mehrere Tage hintereinander an einem schattigen Platz sitzen. Er wirkte sehr elend und schien sich nur mühsam zu erholen. Hernach stand er auf und ging hinaus – und die Wildnis nahm ihn lautlos wieder an ihre Brust. Als ich aus dem Dunkel näher an die Glut herantrat, stand ich unversehens hinter zwei Männern, die sich miteinander unterhielten. Ich hörte, wie der Name Kurtz fiel, und dann die Worte ›Vorteil aus diesem unseligen Vorfall ziehen‹. Einer der Männer war der Direktor. Ich wünschte ihm einen guten Abend. ›Haben Sie schon je so etwas gesehen – wie? Ist doch unglaublich‹, sagte er und ging von dannen. Der andere blieb. Er war ein ausgezeichneter Agent, jung, elegant, ein wenig unzugänglich, mit kleinen Favoris und einer Hakennase. Er hielt sich abseits von den anderen, und diese ihrerseits behaupteten, er belausche sie im Auftrag des Direktors. Was mich anlangte, so hatte ich noch kaum ein Wort mit ihm gewechselt. Wir kamen ins Gespräch und schlenderten später von der zischenden Trümmerstätte fort. Dann lud er mich auf sein Zimmer ein, das im Hauptgebäude der Niederlassung lag. Er zündete ein Streichholz an, und ich gewahrte, daß dieser junge Herr nicht nur ein silberbeschlagenes Reisenecessaire besaß, sondern auch eine ganze Kerze für sich allein. Gerade zu jener Zeit war der Direktor der einzige, der ein Recht auf Kerzen hatte. Eingeborenenmatten bedeckten die Lehmwände; eine Anzahl von Speeren, Assagais, Schilden, Messern waren als Trophäen aufgehängt. Diesem Burschen lag das Geschäft des Ziegelbrennens ob – wie man mir mitgeteilt hatte; doch in der ganzen Niederlassung gab es nirgends auch nur einen einzigen Ziegel, und er weilte hier schon über ein Jahr – und wartete. Anscheinend konnte er die Ziegel ohne einen bestimmten Zusatz nicht herstellen. Ich weiß nicht welchen – möglicherweise Stroh. Jedenfalls war das Zusatzmaterial hier nicht zu haben, und da sich kaum annehmen ließ, daß es von Europa hergesandt würde, war mir nicht klar, worauf er wartete. Vielleicht auf einen besonderen Schöpfungsakt. Jedoch, sie warteten alle – diese sechzehn oder zwanzig Pilger – auf etwas; und wahrhaftig, es schien keine unangenehme Beschäftigung zu sein – nach der Art zu schließen, wie sie sich darein schickten, obwohl ihnen, soweit ich sehen konnte, nie etwas anderes widerfuhr als Krankheit. Sie vertrieben sich die Zeit, indem sie einander verleumdeten und in törichter Weise gegeneinander Ränke schmiedeten. Verschwörungen schwelten in jener Station, doch selbstverständlich wurde nie etwas aus ihnen. Sie waren so unwirklich wie alles übrige – wie der menschenfreundliche Anspruch des ganzen Unternehmens, wie ihr Gerede, ihre Herrschaft, wie das Getue mit ihrer Arbeit. Das einzig echte Streben dort war der Wunsch, einen Handelsposten zugewiesen zu bekommen, wo Elfenbein zu haben war, damit man Provisionen verdienen könnte. Sie schmiedeten Ränke und verleumdeten und haßten einander nur aus diesem Grund – doch wenn es darum ging, auch nur den kleinen Finger zu rühren – o nein. Himmel! Es ist nun einmal so in der Welt, daß dem einen erlaubt ist, ein Pferd zu stehlen, während der andere nicht nach dem Halfter schielen darf. Sich unverfroren ein Pferd nehmen. Sei's drum. Soll er es haben. Vielleicht kann er es reiten. Doch es gibt eine Art, nach einem Halfter zu schielen, die auch den barmherzigsten Heiligen zu einem Fußtritt verleiten könnte.

Ich hatte keine Ahnung, warum er sich mir gegenüber so freundschaftlich erwies, aber während wir dort in jenem Zimmer plauderten, ging mir plötzlich auf, daß der Bursche etwas aus mir herausbekommen wollte – daß er mich geschickt ausforschte. Er spielte unentwegt auf Europa an, auf die Leute, die ich dort angeblich kannte – stellte verschlüsselte Fragen nach meinen Bekannten in jener gruftähnlichen Stadt und so weiter. Seine kleinen Augen funkelten wie Glimmerblättchen – vor Neugierde –, obwohl er eine Spur Herablassung zu bewahren versuchte. Zunächst war ich verdutzt, doch sehr bald wurde ich selbst fürchterlich neugierig, was er wohl aus mir herausbekommen würde. Ich konnte mir beim besten Willen nicht vorstellen, was ich da so Fesselndes an mir haben sollte. Es war sehr lustig, mitanzusehen, wie er in die Irre ging, denn in Wahrheit hatte ich ja nichts als Fieberschauer im Leib, und mein Kopf beschäftigte sich ausschließlich mit dieser elenden Dampfschiffsangelegenheit. Es war offensichtlich, daß er mich für einen durch und durch schamlosen Wortverdreher hielt. Schließlich wurde er zornig, und um eine Regung wütenden Verdrusses zu verbergen, gähnte er. Ich stand auf. Da fiel mein Blick auf eine kleine Ölskizze auf einer Holztafel, die eine verhüllte Frau mit verbundenen Augen darstellte, welche eine brennende Fackel trug. Der Hintergrund war düster – fast schwarz. Die Gebärde der Frau war hoheitsvoll und der Schein des Fackellichts auf ihrem Gesicht unheimlich.

Das Bild ließ mich innehalten. Er blieb höflich neben mir stehen und hielt die leere kleine Champagnerflasche (Champagner galt als medizinisches Stärkungsmittel), in welcher die Kerze stak, in die Höhe. Auf meine Erkundigung hin erklärte er, dies habe Herr Kurtz gemalt – hier auf dieser Station, vor mehr als Jahresfrist –, während er auf eine Fahrgelegenheit wartete, um zu seinem Handelsposten zu gelangen. ›Sagen Sie mir, bitte‹, ersuchte ich ihn, ›wer ist dieser Herr Kurtz?‹

›Der Leiter der Station im Innern‹, antwortete er brüsk und blickte fort. ›Sehr verbunden‹, sagte ich lachend. ›Und Sie sind der Ziegelbrenner der Zentralstation. Das weiß jeder.‹ Er schwieg eine Weile. ›Er ist ein Wunder‹, sagte er schließlich. ›Er ist ein Gesandter der Barmherzigkeit und der Wissenschaft und des Fortschritts und, weiß der Teufel, von was noch allem. Zur Durchführung der guten Sache‹, begann er plötzlich zu deklamieren, ›die uns gewissermaßen von Europa übertragen wurde, bedarf es höherer Einsicht, weitreichender Sympathie und großer Zielstrebigkeit.‹ ›Wer sagt denn das?‹ fragte ich. ›Eine Menge Leute‹, antwortete er. ›Manche schreiben es sogar; und darum kommt *er* hierher, ein besonderes Wesen, wie Sie wissen sollten.‹ ›Warum sollte ich es wissen?‹ unterbrach ich ihn, ehrlich überrascht. Er ging darüber hinweg. ›Ja. Heute ist er der Leiter der besten Station, nächstes Jahr wird er Subdirektor sein, noch zwei Jahre und ... aber freilich, Sie werden wissen, was er binnen zweier Jahre ist. Sie sind einer von der neuen Garde – der Tugendgarde. Dieselben Leute, die ihn in besonderer Absicht hersandten, haben auch Sie empfohlen. Oh, streiten Sie es nicht ab. Ich habe doch Augen im Kopf.‹ Mir ging ein Licht auf. Die einflußreichen Bekannten meiner lieben Tante hatten eine unerwartete Wirkung auf diesen jungen Mann. Ich brach beinahe in schallendes Gelächter aus. ›Lesen Sie denn die vertraute Korrespondenz der Gesellschaft?‹ fragte ich. Darauf wußte er nichts zu erwidern. Es war sehr lustig. ›Wenn Herr Kurtz‹, fuhr ich gestrenge fort, ›erst Generaldirektor ist, werden Sie dazu kaum noch Gelegenheit haben.‹

Er blies unversehens die Kerze aus, und wir traten ins Freie. Der Mond war aufgegangen. Schwarze Gestalten schlenderten lustlos umher, gossen Wasser auf die Glut, von der ein zischendes Geräusch ausging; Dampf stieg im Mondlicht auf; der geschlagene Neger stöhnte irgendwo. ›Was für einen Spektakel das Vieh macht!‹ sagte der unermüdliche Mann mit dem Schnurrbart, der dicht vor uns aufgetaucht war. ›Geschieht ihm ganz recht. Vergehen – Strafe – päng! Erbarmungslos, erbarmungslos. Das ist der einzige Weg. Dies wird in Zukunft alle Brandstiftungen verhüten. Ich sagte gerade zum Direktor ...‹ Er bemerkte meinen Begleiter und verlor plötzlich den Mut. ›Noch nicht zu Bett‹, sagte er mit einer gewissen servilen Herzlichkeit; ›ist ja auch verständlich. Oh! die Gefahr – die Aufregung.‹ Er verschwand. Ich ging weiter zum Flußufer, und der andere folgte mir. Ein bissiges Gezischel drang an mein Ohr: ›Ihr Stümper – nur zu!‹ Man sah die Pilger zu gestikulierenden, diskutierenden Gruppen zusammengeschart. Einige hatten noch immer ihre Stäbe in der Hand. Ich glaube wahrhaftig, sie nahmen diese Stecken mit ins Bett. Hinter dem Zaun erhob sich gespenstisch im Mondschein der Wald, und durch den gedämpften Aufruhr, durch die leisen Geräusche dieses erbärmlichen Anwesens, rührte einen das Schweigen des Landes ans innerste Herz – sein Geheimnis, seine Größe, die verwirrende Realität seines verborgenen Lebens. Irgendwo in der Nähe stöhnte leise der verletzte Neger und stieß dann einen tiefen Seufzer aus, der mich veranlaßte, meine Schritte zu beschleunigen, um von dort fortzukommen. Ich fühlte, wie sich eine Hand unter meinen Arm schob. ›Mein lieber Herr‹, sagte der Bursche, ›ich möchte nicht mißverstanden werden, und vor allem nicht von Ihnen, der Sie Herrn Kurtz sehen werden, lange ehe ich das Vergnügen habe. Ich möchte nicht, daß er einen falschen Begriff von meiner Sinnesart erhält . . .‹

Ich ließ ihn weiterreden, diesen Mephistopheles aus Pappmaché, und ich hatte den Eindruck, als könnte ich ihn, versuchte ich es nur, mit meinem Zeigefinger durchbohren, ohne auf etwas anderes in ihm zu stoßen als vielleicht ein wenig lockeren Schmutz. Wißt ihr, er hatte es darauf abgesehen, in nicht allzu ferner Zeit selber Subdirektor unter dem gegenwärtigen Mann zu werden, und ich sah deutlich, daß das Eintreffen jenes Kurtz beide nicht wenig in Unruhe versetzt hatte. Er redete überstürzt, und ich versuchte nicht, ihn zum Schweigen zu bringen. Ich lehnte mit den Schultern am Wrack meines Dampfers, das wie der Kadaver eines großen Flußtieres auf die Uferböschung hinaufgezogen worden war. Der Geruch des Schlammes, des Urschlammes, Himmel, ja! stach mir in die Nase, die erhabene Stille des Urwaldes stand vor meinen Augen; Glanzlichter lagen auf dem schwarzen Flußarm. Der Mond hatte alles mit einer dünnen Silberschicht überzogen – das fette Gras, den Morast, die Mauer verfilzter Vegetation, die höher hinanreichte als die Mauer eines Tempels, den großen Fluß, den ich durch einen dunklen Ausschnitt glitzernd daliegen sah, glitzernd, während er breit und ohne Murmeln dahinfloß. All das war groß, erwartungsvoll, stumm, während der Mann dort von sich selber plapperte. Ich fragte mich, ob die Stille auf dem Antlitz der Unermeßlichkeit, die uns beide dort anschaute, als Flehen oder Drohung zu verstehen sei. Was waren wir schon, die wir uns hierher verirrt hatten? Vermochten wir, dieses stumme Ding zu meistern, oder würde es uns meistern? Ich spürte, wie groß, wie verdammt groß dieses Ding war, das nicht sprechen konnte und vielleicht obendrein taub war. Was war dort im Innern? Ich sah, daß ein wenig Elfenbein daraus hervorkam, und ich hatte gehört, Herr Kurtz weile ebenfalls dort. Ich hatte, weiß Gott, genug darüber gehört! Doch irgendwie vermittelte das, was ich vernommen, keine Vorstellung – nicht mehr, als wenn mir gesagt worden wäre, ein Engel oder ein Teufel befinde sich dort drinnen. Ich glaubte daran in derselben Weise, wie einer von euch glauben mag, der Mars sei bewohnt. Ich kannte einen schottischen Segelmacher, der davon überzeugt war, felsenfest, daß es auf dem Mars Menschen gebe. Wenn man ihn fragte, ob er sich denken könne, wie sie aussähen und sich benähmen, wurde er schüchtern und murmelte irgend etwas von ›auf allen vieren gehen‹. Man brauchte bloß zu lächeln, und er forderte einen – trotz seiner sechzig Jahre – zum Kampf heraus. Ich wäre nicht so weit gegangen, mich für Kurtz zu schlagen, doch um seinetwillen ließ ich mir beinahe eine Lüge zuschulden kommen. Ihr wißt, ich hasse Lügen, verabscheue sie und kann sie kaum ertragen, nicht weil ich aufrichtiger wäre als ihr übrigen, sondern einfach weil sie mir Entsetzen einflößen. Ein Hauch des Todes, der Beigeschmack der Sterblichkeit haftet den Lügen an – und das ist es genau, was ich hasse und verabscheue in der Welt – was ich vergessen möchte. Es macht mich elend und krank, so wie wenn man auf etwas Faules beißt. Temperament, zweifellos. Nun, ich kam einer Lüge recht nahe, indem ich den jungen Tölpel da alles glauben ließ, was er sich über die Größe meines Einflusses in Europa nur ausdenken wollte. Für Augenblicke wurde ich eben solch eine Larve wie der Rest der verhexten Pilgerschar. Und zwar einfach deshalb, weil ich mir sagte, es werde irgendwie jenem Kurtz von Nutzen sein, von dem ich mir damals noch gar kein Bild machen konnte – ihr versteht. Er war nur ein Wort für mich. Den

Mann, der sich hinter dem Namen verbarg, sah ich damals ebensowenig wie ihr jetzt. Seht ihr ihn? Seht ihr die Sache vor euch? Seht ihr irgend etwas? Mir kommt es vor, als versuchte ich, euch einen Traum zu erzählen – als machte ich nutzlose Anstrengungen, denn keine Traumwiedergabe vermag die Traumempfindung zu vermitteln: jene Mischung aus Ungereimtheit, Überraschung und Bestürzung in einer Aufwallung hilfloser Empörung, jene Vorstellung, vom Unfaßlichen eingefangen zu sein, was ja geradezu das Wesen der Träume ausmacht ...«

Er schwieg eine Weile.

»... Nein, es ist unmöglich; es ist unmöglich, das Lebensgefühl einer bestimmten Epoche unseres eigenen Daseins anderen zu vermitteln – das, was deren Wahrheit, deren Sinn ausmacht –, deren zartes und durchdringendes Wesen. Es ist unmöglich. Wir leben, wie wir träumen – allein ...«

Er hielt abermals inne, als sei er in Gedanken versunken, dann fügte er hinzu:

»Freilich – ihr, Freunde, werdet hierin mehr sehen, als ich damals sah. Ihr seht mich, den ihr kennt ...«

Es war so pechschwarz geworden, daß wir Zuhörer kaum einander sehen konnten. Seit langem schon war er, der abseits saß, für uns nicht mehr gewesen als eine Stimme. Niemand sagte ein Wort. Die anderen mochten eingeschlafen sein, doch ich war wach. Ich hörte zu, lauschte, lauerte auf den Satz, auf das

Wort, das mir den Schlüssel zu der leisen Unruhe geben würde, die in mir geweckt worden war durch diese Erzählung, welche gleichsam ohne menschlicher Lippen Zutun in der schweren Nachtluft des Flusses sich zu formen schien.

»... Ja – ich ließ ihn weiterreden«, hub Marlow wieder an, »ließ ihn denken, was er wollte, über die Mächte, die ich angeblich hinter mir hatte. Ich ließ ihn reden! Und ich hatte nichts hinter mir! Nichts außer jenem elenden, alten, zerborstenen Dampfschiff, an dem ich lehnte, dieweil er sich gewandt über ›das Bedürfnis eines jeden Menschen, vorwärtszukommen‹ ausließ. ›Und wenn man hier herauskommt, das werden Sie begreifen, dann nicht, um in den Mond zu schauen.‹ Herr Kurtz sei ein ›Universalgenie‹, aber selbst einem Genie müsse es die Arbeit erleichtern, mit ›angemessenen Werkzeugen – intelligenten Menschen‹ umzugehen. Er brenne keine Ziegel – nun, weil dem eine physikalische Unmöglichkeit im Wege stehe –, wie ich wohl sehen könne; und wenn er Sekretärsarbeit für den Direktor verrichte, so nur, weil ›kein vernünftiger Mensch mutwillig das Vertrauen seines Vorgesetzten von sich weist‹. Ob ich das sähe? Ich sah es. Was wolle ich mehr? Was ich wirklich wollte, das waren Nieten – Himmel, ja! Nieten. Um mit der Arbeit voranzukommen – um das Loch zu flicken. Ich brauchte Nieten. An der Küste gab es sie kistenweise – Kisten – gestapelt – aufgebrochen – zerschlagen! Auf dem

Gelände jener Station am Berghang war man alle zwei Schritt gegen eine Niete gestoßen. Nieten waren in den Hain des Todes gerollt. Man konnte sich die Taschen mit Nieten füllen, wenn man sich die Mühe machte, sie aufzuheben – und keine Niete war dort zu finden, wo sie gebraucht wurde. Wir besaßen hinreichend Eisenplatten, aber nichts, um sie anzubringen. Und jede Woche brach der Bote, ein Neger, den Postsack geschultert und einen Stab in der Hand, zu seinem einsamen Marsch von unserer Station zur Küste auf. Und mehrmals jede Woche trafen Küstenkarawanen mit Handelsgütern ein – scheußlich bedrucktes Kaliko, das einen erschauern ließ, wenn man nur hinsah, Glasperlen, die einen Penny das Pfund wert sein mochten, verdammte getupfte Baumwolltaschentücher. Und keine Nieten. Drei Träger hätten alles heranschaffen können, was nötig war, um jenes Dampfschiff wieder flottzumachen.

Er wurde jetzt vertraulich, doch ich glaube, meine teilnahmslose Haltung muß ihn schließlich verdrossen haben, denn er ließ es sich angelegen sein, mich darauf hinzuweisen, daß er weder Gott noch Teufel fürchte, geschweige ein bloßes Menschenkind. Ich sagte, ich verstünde ihn vollkommen, doch was mir fehle, das sei eine Anzahl Nieten – und eigentlich seien es Nieten, was auch Herr Kurtz vor allem entbehrte, wenn er es nur gewußt hätte. Indessen gingen jede Woche nach der Küste Briefe ab ...

›Verehrter Herr‹, rief er, ›ich schreibe nach Diktat.‹ Ich verlangte Nieten. Es müsse Mittel und Wege geben – für einen intelligenten Mann. Sein Benehmen verwandelte sich, wurde sehr kühl, und plötzlich begann er von einem Flußpferd zu reden; er wunderte sich, daß ich, da ich an Bord schliefe (Tag und Nacht hielt ich bei meinem geborgenen Wrack aus), nicht gestört würde. Da war ein altes Flußpferd, das die üble Angewohnheit hatte, auf das Ufer hinaufzuklettern und des Nachts durch die Station zu streichen. Die Pilger pflegten in voller Stärke aufzumarschieren und alle Flinten, deren sie habhaft werden konnten, auf das Tier abzufeuern. Manche hatten ihm sogar nächtelang aufgelauert. Aber die ganze Anstrengung war vergebens gewesen. ›Dieses Tier ist durch Zauber unverwundbar‹, sagte er; ›doch das läßt sich hierzulande nur von Untieren sagen. Kein Mensch – verstehen Sie? – kein Mensch ist hier durch Zauber unverwundbar.‹ Einen Moment lang stand er dort im Mondlicht, die feingebogene Nase ein wenig gerümpft, mit leuchtenden, starren Glimmeraugen, ohne zu blinzeln, und dann schritt er mit einem schroffen ›Gute Nacht‹ von dannen. Ich sah, daß er beunruhigt und arg verwirrt war, was mich nur hoffnungsvoller machte, als ich es seit Tagen gewesen. Es war ein großer Trost, sich von diesem Knaben abzukehren und sich meinem einflußreichen Freund zuzuwenden, dem zerschundenen, verbogenen, abgewirtschafteten Blechpott von einem Dampfer. Ich kletterte an Bord. Das Schiff schepperte unter meinen Füßen wie eine leere Keksdose, die eine Gosse entlangkollert; nicht daß es von so solidem Bau gewesen wäre und auch nicht von so gefälliger Gestalt, doch ich hatte genug harte Arbeit darauf verwandt, um es liebzugewinnen. Kein einflußreicher Freund wäre mir von größerem Nutzen gewesen. Es hatte mir eine Gelegenheit gegeben, mich ein wenig umzusehen – herauszufinden, was ich vermochte. Nein, Arbeit mag ich nicht. Ich hätte viel lieber herumgefaulenzt und mir allerlei feine Dinge ausgedacht. Arbeit mag ich nicht – kein Mensch mag sie – doch ich mag, was in der Arbeit steckt – die Möglichkeit, zu sich selbst zu finden, zur eigenen Wirklichkeit, der Wirklichkeit, wie man sie selbst sieht, nicht wie andere sie sehen – zu dem, was kein anderer je erfahren kann. Sie können nur den bloßen äußeren Schein sehen und wissen doch nie wirklich, was er bedeutet.

Ich war nicht überrascht, als ich achtern jemand an Deck sitzen sah, der die Beine über den Schlick baumeln ließ. Wißt ihr, ich hatte ziemlich dicke Freundschaft mit den wenigen Mechanikern geschlossen, die es in jener Station gab und denen die Pilger alle erdenkliche Verachtung zollten – vermutlich wegen ihrer unvollkommenen Manieren. Dies war der Vorarbeiter – Kesselschmied von Beruf –, ein guter Arbeiter. Er war ein hagerer, knochiger Mann mit gelbem Gesicht und großen, eindringlich blickenden

Augen. Er machte einen besorgten Eindruck, und sein Schädel war so kahl wie meine Handfläche; doch sein Haar schien beim Ausfallen am Kinn hängengeblieben und in der neuen Umgebung gediehen zu sein, denn sein Bart hing ihm bis zum Gürtel herab. Er war ein Witwer mit sechs kleinen Kindern (er hatte sie in der Obhut seiner Schwester zurückgelassen, um hier herauszukommen), und die Leidenschaft seines Lebens war der Taubenflug. Er war ein Enthusiast und Kenner auf diesem Gebiet. Er redete begeistert von Brieftauben. Nach Feierabend kam er gelegentlich von seiner Hütte herüber, um von seinen Kindern und seinen Tauben zu erzählen; während der Arbeit, wenn er in dem Morast unter den Rumpf des Dampfers kriechen mußte, pflegte er den Bart in einer Art weißer Serviette aufzubinden, die er zu diesem Zweck mitbrachte. Sie hatte Schlingen, die er sich über die Ohren zog. Abends konnte man ihn sehen, wie er am Ufer hockte, die Barthülle mit großer Umsicht spülte und sie hernach feierlich über einen Busch zum Trocknen aufhing.

Ich schlug ihm auf die Schulter und brüllte: ›Wir bekommen unsere Nieten!‹ Er richtete sich hastig auf und rief: ›Nicht möglich! Nieten!‹, als traue er seinen Ohren nicht. Dann fügte er mit leiser Stimme hinzu: ›Sie . . . wie?‹ Ich weiß nicht, warum wir uns wie irrsinnig benahmen. Ich legte meinen Finger an die Nase und nickte geheimnisvoll. ›Bravo!‹ rief er, schnickte mit den Fingern über dem Kopfe, hob einen Fuß. Ich versuchte es mit einer Gigue. Wir hopsten auf dem Eisendeck umher. Ein fürchterliches Gepolter drang aus der Hulk, und der Urwald auf der anderen Seite des Flußarmes ließ es wie Donnergrollen über die schlafende Niederlassung zurückrollen. Einige der Pilger werden in ihren Elendshütten vom Bette aufgefahren sein. Eine dunkle Gestalt verstellte die erleuchtete Türöffnung der Direktorenhütte, verschwand wieder, und nach ungefähr einer Sekunde verschwand auch die erleuchtete Türöffnung. Wir hielten inne, und das Schweigen, das durch unser Füßegetrappel verscheucht worden war, flutete aus dem Schoß des Landes zurück. Die hohe Wand des Pflanzenwuchses, eine strotzende und ineinander verflochtene Masse von Stämmen, Ästen, Blättern, Zweigen, Rankenwerk, die da reglos im Mondlicht stand, wirkte wie ein tobender Überfall geräuschlosen Lebens, eine heranrollende Woge aus Pflanzen, hochaufgetürmt und bereit, über das Seitengewässer hereinzubrechen, bereit, jedes von uns kleinen Menschenwesen aus seinem kleinen Dasein zu fegen. Und sie rührte sich nicht. Ein gedämpftes, mächtiges Geplansche und Geschnaube drang von fern an unser Ohr, als habe in dem großen Fluß ein Ichthyosaurus ein Glimmerbad genommen. ›Schließlich‹, sagte der Kesselschmied in nüchternem Ton, ›warum sollten wir die Nieten nicht bekommen?‹ Wirklich, warum nicht! Ich wußte keinen Grund anzugeben, warum wir sie nicht hätten bekommen sollen. ›Sie werden in drei Wochen eintreffen‹, sagte ich zuversichtlich.

Aber sie trafen nicht ein. Statt der Nieten kam eine Flut von Eindringlingen, eine Plage, eine Heimsuchung. Sie trafen in Abteilungen während der nächsten drei Wochen ein. Jede Abteilung wurde von einem Esel angeführt, auf dem ein Weißer in neuen Kleidungsstücken und braunen Schuhen saß, der sich aus dieser Höhe gegen die beeindruckten Pilger nach links und rechts verneigte. Eine streitsüchtige Schar wundgelaufener griesgrämiger Neger trottete hinter dem Esel her; ein Haufen Zelte, Klappstühle, Blechkoffer, weiße Kisten, braune Ballen wurden vor den Hütten der Station abgeworfen, und die Atmosphäre des Geheimnisvollen verdichtete sich noch ein wenig über dem dort herrschenden Wirrwarr. Fünf solche Trupps trafen ein, und jeder legte dieses alberne Gebaren an den Tag, als befinde er sich auf wilder Flucht, bepackt mit einer aus unzähligen Ausrüstungsgeschäften und Proviantlagern zusammengetragenen Beute, die er – so hätte man denken können – nach einem Raubüberfall in die Wildnis schleppte, um sie dort redlich zu teilen. Es war eine unentwirrbare Masse von an sich soliden Gegenständen, welche jedoch die menschliche Torheit wie Diebesgut erscheinen ließ.

Diese beflissene Schar nannte sich Eldorado-Entdecker-Expedition; und ich glaube, sie hatten Verschwiegenheit gelobt. Ihre Redeweise jedoch war die gemeiner Freibeuter: sie war dreist, ohne tapfer, gierig, ohne verwegen und grausam, ohne mutig zu sein; in der ganzen Rotte war kein Deut Umsicht oder ernster Planung zu finden; und daß es dieser Dinge zur Arbeit in der Welt bedurfte, dessen schienen sie sich gar nicht bewußt zu sein. Den Eingeweiden des Landes Schätze zu entreißen, das war ihr Verlangen, und dabei schienen diese Menschen von keiner hochsinnigeren Absicht geleitet zu werden als Banditen beim Aufbrechen eines Geldschranks. Wer die Kosten des edlen Unternehmens trug, weiß ich nicht zu sagen; doch der Onkel unseres Direktors war der Anführer der Schar.

Im Äußeren ähnelte er einem Schlachter aus einem ärmlichen Stadtbezirk, und seine Augen hatten den Blick träger Bauernschläue. Er trug seinen Dickwanst auf kurzen Beinen prahlerisch vor sich her und sprach während der Zeit, da seine Bande die Niederlassung heimsuchte, mit niemandem als mit seinem Neffen. Man konnte die beiden sehen, wie sie den lieben langen Tag umherstreiften, die Köpfe zusammengesteckt in ihrem endlosen Geplauder.

Ich hatte es aufgegeben, mir wegen der Nieten Gedanken zu machen. Das Fassungsvermögen eines Menschen für diese Art Narretei ist begrenzter, als man gemeinhin annimmt. Ich sagte: Zum Henker! – und ließ den Dingen ihren Lauf. Ich hatte reichlich Zeit zum Nachdenken, und hin und wieder wandte ich auch Kurtz meine Gedanken zu. Er beschäftigte mich nicht weiter. Nein. Immerhin war ich neugierig zu sehen, ob sich dieser Mann, der, ausgerüstet mit irgendwelchen ethischen Ideen, hier herausgekommen war, schließlich doch noch zu einer Spitzenposition hinaufarbeiten und wie er zu Werke gehen werde, wenn er einmal oben angelangt war.

2

Eines Abends, als ich ausgestreckt an Deck meines Dampfers lag, hörte ich näher kommende Stimmen – und da waren Neffe und Onkel, die das Ufer entlangschlenderten. Ich legte meinen Kopf auf die Arme und war schon beinahe eingedämmert, als jemand dicht an meinem Ohr sagte: ›Ich bin harmlos wie ein kleines Kind, doch ich vertrage es nicht, wenn man mir Vorschriften macht. Bin ich der Direktor – oder bin ich es nicht? Man hat mir befohlen, ihn dorthin zu schicken. Es ist unglaublich.‹ ... Mir wurde bewußt, daß die beiden an Land beim Vorschiff standen, gerade unterhalb meines Kopfes. Ich rührte mich nicht; ich kam gar nicht auf den Gedanken, mich zu rühren; ich war schläfrig. ›Es *ist* unerfreulich‹, brummte der Onkel. ›Er hat die Verwaltung gebeten, dorthingesandt zu werden‹, sagte der andere, ›in der Absicht, ihnen zu zeigen, was er vermöge; und ich wurde dementsprechend instruiert. Denk nur, welch einen Einfluß dieser Mann haben muß. Ist es nicht entsetzlich?‹ Sie kamen beide überein, es sei entsetzlich; dann machten sie verschiedene wunderliche Bemerkungen wie: ›Regen und gut Wetter machen – ein einzelner Mann – den Verwaltungsrat – führt sie an der Nase herum‹ – Bruchstücke alberner Sätze, die meine Schläfrigkeit besiegten, so daß ich schon nahezu alle meine Sinne beieinander hatte, als der Onkel sagte: ›Das Klima wird dir dieses Ärgernis vielleicht vom Halse schaffen. Ist er allein dort?‹ ›Ja‹, antwortete der Direktor; ›er schickte mir seinen Gehilfen den Fluß herunter mit einer Mitteilung folgenden Inhalts: „Befördern Sie diesen armen Teufel aus dem Land, und machen Sie sich nicht die Mühe, mir weitere seines Schlages zu schicken. Ich bin lieber allein als von Subjekten umgeben, wie Sie sie mir schicken könnten." Das war vor mehr als einem Jahr. Kannst du dir solch eine Unverschämtheit vorstellen!‹ ›Ist seitdem noch irgend etwas von ihm gekommen?‹ fragte der andere heiser. ›Elfenbein‹, schleuderte der Neffe hervor; ›in Mengen – erstklassige Ware – in Mengen – von ihm, sehr ärgerlich.‹ ›Und sonst?‹ fragte der andere mit tiefem Brummen. ›Die Rechnung‹, kam die Antwort, gleichsam wie aus der Pistole geschossen. Dann Schweigen. Sie hatten von Kurtz gesprochen.

Ich war mittlerweile hellwach, doch verhielt ich mich still, da ich vollkommen bequem lag und nicht den Drang verspürte, meine Position zu ändern. ›Wie kam dieses Elfenbein hierher?‹ brummte der Ältere, der sehr verstört zu sein schien. Der andere erklärte ihm, es sei mit einer Flotte von Kanus gekommen, die unter dem Befehl eines halbblütigen englischen Angestellten gestanden habe, den Kurtz mitgebracht; Kurtz habe anscheinend beabsichtigt, selber zurückzukehren, da der Station zu jener Zeit die Waren und Vorräte ausgegangen waren, doch nachdem er schon dreihundert Meilen den Fluß heruntergefahren, habe er sich plötzlich entschlossen, wieder umzukehren, was er auch unverzüglich in einem kleinen Einbaum mit vier Paddlern getan habe, während der Mischling mit dem Elfenbein weiter den Fluß hinabgefahren sei. Die beiden Burschen dort schienen erstaunt darüber, daß jemand so etwas tue. Sie konnten sich keinen hinreichenden Beweggrund dafür denken. Was mich betraf, so schien ich Kurtz zum erstenmal vor mir zu sehen. Es war ein deutliches Bild: der Einbaum, vier paddelnde Wilde und der einsame Weiße, der plötzlich dem Hauptquartier den Rücken kehrt, der Erholung, dem Gedanken an die Heimat – wer weiß; der seinen Blick auf die Tiefen der Finsternis richtet, auf seine leere und einsame Station. Ich kannte seinen Beweggrund nicht. Vielleicht war er einfach ein feiner Kerl, der seiner Arbeit um ihrer selbst willen die Treue hielt. Er war ›jener Mann‹. Auf den Mischling, der, soweit ich sehen konnte, eine schwierige Überfahrt mit großer Umsicht und mit Schneid gemeistert hatte, wurde als auf ›jener Halunke‹ angespielt. Der ›Halunke‹ hatte berichtet, daß der ›Mann‹ sehr krank gewesen sei – sich nicht wieder richtig erholt habe. Dann bewegten sich die beiden unter mir einige Schritte weiter und schlenderten in geringer Entfernung auf und ab. Ich hörte: ›Militärposten – Arzt – zweihundert Meilen – jetzt ganz allein – unvermeidbare Verzögerungen – neun Monate – keine Nachricht – sonderbare Gerüchte.‹ Sie näherten sich wieder, als der Direktor gerade sagte: ›Niemand, soweit ich weiß, es sei denn ein gewisser wandernder Händler – ein ekelhafter Kerl, der den Eingeborenen das Elfenbein abluchst.‹ Wer war das, von dem sie da redeten? Ich erfuhr aus Gesprächsfetzen, dies sei ein Mann, der sich angeblich in Kurtzens Distrikt aufhalte und der dem Direktor mißfalle. ›Wir werden nicht eher gegen unlauteren Wettbewerb gefeit sein, als bis einer dieser Burschen als warnendes Beispiel aufgeknüpft wird‹, sagte er. ›Gewiß‹, brummte der andere, ›laß ihn hängen! Warum nicht? Alles – alles ist möglich in diesem Land. Laß dir das gesagt sein; niemand hier, verstehst du, *hier*, kann deine Position gefährden. Und warum auch? Du verträgst das Klima – du überdauerst sie alle. Die Gefahr liegt in Europa; doch ehe ich von dort aufbrach, habe ich dafür gesorgt, daß ...‹ Sie gingen weiter und flüsterten, dann wurden ihre Stimmen wieder lauter. ›Diese außerordentliche Folge von Verzögerungen ist nicht meine Schuld. Ich habe getan, was ich konnte.‹ Der Dicke seufzte. ›Sehr bedauerlich.‹ ›Und den abgeschmackten Unfug, den er daherredete‹, fuhr der andere fort; ›er fiel mir wirklich auf die Nerven, als er hier war. „Jede Station sollte wie ein Leuchtfeuer auf der Straße zum Besseren sein, ein Zentrum des Handels, freilich, doch auch ein Zentrum der Gesittung, der Höherbildung, der Unterweisung.“ Denk bloß – dieser Esel! Und der möchte Direktor sein! Nein, es ist . . .‹ Hier stockte er vor Entrüstung, und ich hob ein klein wenig den Kopf. Ich war überrascht zu sehen, wie dicht sie unter mir standen. Ich hätte ihnen auf die Hüte spucken können. Sie blickten zu Boden, in Gedanken verloren. Der Direktor schlug sich mit einem schlanken Zweig gegen das Bein: sein scharfsinniger Verwandter hob den Kopf. ›Warst du die Zeit über gesund seit deiner Rückkehr?‹ fragte er. Der andere gab sich einen Ruck. ›Wer? Ich? Ah! Gefeit wie durch einen Zauber – wie durch einen Zauber. Aber die andern – o liebe Zeit! Allesamt krank. Noch dazu sterben sie einem so schnell fort, daß man gar nicht die Zeit hat, sie aus dem Land zu schaffen – es ist unglaublich!‹ ›Hm. Das ist es‹, brummte der Onkel. ›Ah! Auf das vertraue, mein Junge – auf das vertraue!‹ Ich sah ihn seine kurzen Flossenarme zu einer Gebärde ausrecken, die den Wald, den Wasserlauf, den Morast, den Fluß einbezog – die vor dem sonnenerleuchteten Antlitz des Landes mit einer schändlichen Bewegung den lauernden Tod anzurufen schien, das verborgene Böse, die tiefe Finsternis in dessen Herzen. Die Geste war so überraschend, daß ich aufsprang und zum Saum des Waldes hinübersah, so als erwartete ich von dort eine

Antwort auf diese finstere Parade des Selbstvertrauens. Ihr kennt ja die törichten Einfälle, die man gelegentlich hat. Die erhabene Stille begegnete diesen beiden Figuren mit ihrer unheilverkündenden Geduld und wartete darauf, daß dieser spukhafte Überfall ein Ende nähme.

Beide fluchten laut – vor schierem Entsetzen, glaube ich –, gaben sich dann aber den Anschein, als hätten sie meine Anwesenheit nicht bemerkt, und kehrten zur Station zurück. Die Sonne stand tief; und Seite an Seite sich vorlehnend, schienen sie ihre beiden lächerlichen, verschieden langen, kein Hälmchen knickenden Schatten über das Gras mühsam bergauf zu ziehen.

Wenige Tage darauf zog die Eldorado-Expedition in die geduldige Wildnis weiter, die sich hinter ihr schloß, wie das Meer sich über einem Taucher schließt. Lange danach kam die Nachricht, alle Esel seien tot. Über das Los der weniger wertvollen Tiere verlautete nichts. Wie uns andern widerfuhr auch ihnen ohne Zweifel das, was sie verdienten. Ich erkundigte mich nicht nach ihnen. Ich war damals gerade in ziemlicher Aufregung, weil ich Aussicht hatte, Kurtz sehr bald zu Gesicht zu bekommen. Wenn ich sage: sehr bald, meine ich das relativ. Genau zwei Monate nachdem wir den Flußarm verlassen hatten, erreichten wir das Ufer unterhalb von Kurtzens Niederlassung.

Den Fluß hinaufzufahren war wie eine Reise

zurück zu den frühesten Anfängen der Welt, als noch die Pflanzen zügellos die Erde überwucherten und die großen Bäume Könige waren. Ein leerer Strom, ein großes Schweigen, ein undurchdringlicher Wald. Die Luft war warm, schwer, drückend, träge. Im Glanz des Sonnenscheins war keine Freude. Die langen Abschnitte des öden Flußlaufs führten tiefer und tiefer in die Düsternis der beschatteten Ferne hinein. Auf den silbrigen Sandbänken sonnten sich Seite an Seite Flußpferde und Alligatoren. An den breiteren Stellen strömte das Wasser zwischen einer Unzahl bewaldeter Inselchen hin; auf jenem Fluß konnte man in die Irre gehen wie in einer Wüste und stieß beim Versuch, das Fahrwasser zu finden, fortgesetzt auf Sandbänke, bis man endlich glaubte, man sei verhext und für immer von allem abgeschnitten, was einem einst vertraut war – irgendwo – weit fort – in einer anderen Existenz gar. Es gab Augenblicke, da die eigene Vergangenheit vor einem aufstieg, wie das zuweilen geschieht, wenn kein bißchen Zeit für einen selbst übrigbleibt; doch sie stieg vor einem auf in Gestalt eines ruhelosen und schreienden Traums, an den man sich verwundert erinnerte – hier unter der überwältigenden Wirklichkeit dieser seltsamen Welt der Pflanzen, des Wassers und des Schweigens. Und diese Stille des Lebens ähnelte in nichts dem Frieden. Es war die Stille einer unversöhnlichen Macht, die über einer unerforschlichen Absicht brütete. Sie blickte einen mit rachgieriger Miene an. Ich gewöhnte mich später daran; ich sah sie gar nicht mehr; ich hatte nicht die Zeit dazu. Ich mußte unausgesetzt Mutmaßungen über das Fahrwasser anstellen; ich mußte – meist gefühlsmäßig – die Anzeichen verborgener Sandbänke ausmachen; ich hatte auf unter Wasser liegende Felsen zu achten; ich lernte die Zähne hart zusammenzubeißen, dieweil mir das Herz in die Hose sinken wollte, wenn ich durch einen glücklichen Zufall gerade noch an einem verteufelt heimtückischen alten Baumstamm vorbeischerte, der den Blechpott tödlich aufgeschlitzt und die ganze Pilgerschar ertränkt hätte; ich mußte nach abgestorbenen Bäumen am Ufer Ausschau halten, die wir des Nachts fällen konnten, um für die Feuerung des nächsten Tages zu sorgen. Wenn man sich um Dinge dieser Art kümmern muß, um reine Vorkommnisse an der Oberfläche des Lebens, dann beginnt die Wirklichkeit – die Wirklichkeit, sage ich – zu verblassen. Die innere Wahrheit bleibt verborgen – zum Glück, zum Glück. Aber ich spürte sie dennoch; ich spürte oft ihre geheimnisvolle Stille, die mir bei meinem Affentheater zusah, genauso wie sie euch, Freunde, zusieht, wenn ihr eure jeweiligen Seiltänzerkunststückchen ausführt für – nun wieviel? eine halbe Krone pro Purzelbaum –«

»Wollen Sie nicht etwas höflicher sein, Marlow«, brummte eine Stimme, und da wußte ich, daß außer mir mindestens noch einer zuhörte und nicht eingeschlafen war.

»Entschuldigen Sie. Ich vergaß das Herzeleid, das den Rest des Preises ausmacht. Und freilich, was bedeutet schon der Preis, wenn das Kunststück gelingt? Ihr macht eure Kunststücke sehr gut, und ich machte meine Sache auch nicht schlecht, da es mir gelang, jenes Dampfschiff auf meiner ersten Fahrt vor dem Kentern zu bewahren. Mich wundert das heute noch. Stellt euch einen Mann vor, der mit verbundenen Augen einen Lieferwagen über eine schlechte Straße fahren soll. Ich schwitzte und zitterte nicht schlecht bei dem Geschäft, das kann ich euch versichern. Schließlich ist es für einen Seemann eine unverzeihliche Sünde, den Boden des Dinges aufzureißen, das gerade unter seiner Obhut allzeit flottbleiben soll. Niemand mag etwas bemerken, doch man selbst vergißt nie den Ruck – ist es nicht so? Ein Stich ins Herz. Man erinnert sich daran, man träumt davon, man wacht des Nachts auf und denkt daran – noch Jahre später –, und es läuft einem heiß und kalt den Rücken herunter. Ich will nicht behaupten, dieses Dampfschiff sei die ganze Zeit über flott gewesen. Mehr als einmal mußte es ein wenig waten, während zwanzig Kannibalen um uns herumplanschten und es vorwärtsschoben. Wir hatten einige dieser Burschen unterwegs als Mannschaft angeheuert. Feine Kerle – Kannibalen – ihres Zeichens. Es waren Männer, mit denen sich arbeiten ließ, und ich bin ihnen dankbar. Und schließlich verspeisten sie einander nicht vor meinen Augen: sie hatten einen Vorrat an Flußpferdfleisch mitgebracht, das faulig zu werden begann und mir das Geheimnis der Wildnis stinkend nahebrachte. Puh! Ich rieche das Zeug noch heute. Ich hatte den Direktor an Bord und drei oder vier Pilger mit ihren Stecken – in vollem Ornat. Bisweilen kamen wir zu einer dicht am Fluß liegenden Station, am Saum des Unbekannten klebend – und die Weißen, die mit ungestümen Gesten der Freude, der Überraschung und des Willkommens aus ihrer Elendshütte gerannt kamen, wirkten sehr seltsam – machten den Eindruck, als würden sie dort durch einen Zauber gefangengehalten. Eine Zeitlang tönte das Wort Elfenbein durch die Luft – und weiter ging's in das Schweigen hinein, über die leeren Flußstrecken, um die stillen Biegungen, zwischen den hohen Mauern unseres gewundenen Weges hin, die den wuchtigen Schlag unseres Heckrades hohl widerhallen ließen. Bäume, Bäume, Millionen von Bäumen, massig, gewaltig, hoch aufgeschossen; und zu ihren Füßen kroch das kleine, verrußte Dampfboot dicht am Ufer hin, wie ein schwerfälliger Käfer, der über den Boden einer luftigen Säulenhalle krabbelt. Man kam sich sehr klein vor, sehr verloren, und doch war dieses Gefühl nicht eigentlich bedrückend. Schließlich, wenn man auch klein war, kroch der rußige Käfer doch voran – und das war es gerade, was man von ihm wollte. Die Pilger bildeten sich ein, er krieche ich weiß nicht wohin. An irgendeinen Ort, wo sie – ich möchte wetten –

etwas einzuheimsen gedachten! Für mich kroch er zu Kurtz – ausschließlich; doch als die Dampfrohre undicht wurden, krochen wir nur noch sehr langsam dahin. Die Stromstrecken öffneten sich vor uns und schlossen sich wieder hinter uns, als hätte sich der Wald lässig über das Wasser geschoben, um uns den Rückweg abzuschneiden. Wir drangen tiefer und tiefer in das Herz der Finsternis vor. Es war sehr still dort. Nachts liefen zuweilen Trommelwirbel hinter dem Bambusvorhang den Fluß hinauf und wurden, gleichsam als schwebten sie in der Luft hoch über unseren Häuptern, leise bis zum ersten Morgengrauen angehalten. Ob sie Krieg, Frieden oder Gebet bedeuteten, vermochten wir nicht zu sagen. Die Morgendämmerung wurde vom Herabsinken einer eisigen Stille angekündigt; die Holzfäller schliefen, ihre Feuer waren heruntergebrannt; das Knacken eines Zweiges ließ einen auffahren. Wir waren Wanderer auf vorgeschichtlicher Erde, auf einer Erde, die das Gesicht eines unbekannten Planeten trug. Wir hätten uns einbilden können, die ersten Menschen zu sein – Wesen, die eine fluchwürdige Erbschaft antreten, welche nur um den Preis ärgster Qualen und schwerster Mühe zu bewältigen ist. Aber plötzlich, wenn wir uns um eine Biegung mühten, konnte es sein, daß sich uns ein flüchtiger Blick auf Schilfwände, auf spitze Grasdächer öffnete, auf wildes Gezeter, ein Gequirl von schwarzen Gliedmaßen, eine Masse klatschender Hände, stampfender Füße, schwankender Leiber, rollender Augen hinter dem Vorhang schweren und reglosen Laubes. Der Dampfer arbeitete sich weiter am Rand der schwarzen und unverständlichen Raserei hin. Der vorgeschichtliche Mensch verfluchte uns, betete uns an, begrüßte uns – wer vermochte es zu sagen? Wir waren vom Verständnis unserer Umgebung abgeschnitten; wir glitten vorüber wie Phantome, verwundert und insgeheim erschrocken, wie es vernünftige Menschen angesichts eines Begeisterungsausbruches in einem Tollhaus wären. Wir konnten nichts verstehen, weil wir zu weit voraus waren, und wir vermochten uns an nichts zu entsinnen, weil wir in der Nacht frühester Zeitalter reisten, jener Zeitalter, die dahingegangen sind – kaum eine Spur hinterlassend und keinerlei Erinnerung.

Die Erde schien unirdisch. Wir sind es gewohnt, auf die gefesselte Gestalt eines besiegten Ungeheuers zu blicken; doch hier – hier blickte man auf ein Ding, das ungeheuer und in Freiheit war. Es war unirdisch, und die Menschen waren... Nein, sie waren nicht unmenschlich. Wißt ihr, das war das schlimmste – dieser Verdacht, sie seien nicht unmenschlich. Er drängte sich einem langsam auf. Sie heulten und hüpften und drehten sich um sich selbst und schnitten fürchterliche Grimassen; doch was einen schaudern ließ, das war gerade der Gedanke an ihre Menschlichkeit – unserer gleich –, der Gedanke an unsere entfernte Verwandtschaft mit diesem wilden und leidenschaftlichen Aufruhr. Häßlich. Ja, es war recht häßlich; doch wenn man sich ermannte, mußte man sich eingestehen, daß die schreckliche Freimütigkeit dieses Lärms in einem selbst einen leisen Widerhall fand, den undeutlichen Verdacht wachrief, es gebe hierin einen Sinn, den man selbst – der man doch so weit abgerückt war von der Nacht des frühesten Zeitalters – noch eben zu erfassen vermöchte. Warum auch nicht? Des Menschen Geist ist zu allem fähig – weil alles in ihm ist, die ganze Vergangenheit wie auch die ganze Zukunft. Schließlich, was war es denn, was wir da sahen? Freude, Furcht, Leid, Hingabe, Tapferkeit, Wut – wer konnte es sagen? – aber Wahrheit immerhin – Wahrheit, die ihres Zeitenmantels entblößt war. Soll der Tor nur glotzen und schaudern – der Mann weiß darum und kann hinsehen, ohne mit der Wimper zu zucken. Doch er muß wenigstens so sehr Manns sein wie jene dort am Ufer. Er muß jener Wahrheit mit seinem eigenen wahren Gehalt begegnen – mit der eigenen eingeborenen Kraft. Grundsätze allein genügen nicht. Errungenschaften, Kleider, bunte Fetzen – Fetzen, die bei dem ersten derben Stoß davonfliegen. Nein; es bedarf eines besonnenen Glaubens. Soll in diesem Höllenspektakel ein Appell an mich enthalten sein – ja? Gut; ich höre ihn; ich erkenne ihn an; doch auch ich habe eine Stimme, und – sei es nun zum Guten oder Schlechten – meine Stimme ist es, die nicht zum Schweigen gebracht werden kann. Natürlich, ein Tor in seiner nackten Angst und seinem Feinsinn ist immer sicher. Wer murrt da? Wundert ihr euch, daß ich nicht an Land ging, um mitzuheulen und mitzutanzen? Nein, allerdings – das tat ich nicht. Feinsinn, sagt ihr? Zum Henker mit dem Feinsinn! Ich hatte nicht die Zeit. Ich mußte mich mit Bleiweiß und Streifen wollener Decken herumschlagen und mit Hand anlegen, um die undichten Dampfrohre zu umwickeln – sage ich euch. Ich mußte auf das Steuer achten, den treibenden Baumstämmen ausweichen und den Blechpott auf Biegen oder Brechen voranbringen. In diesen Dingen lag Scheinwahrheit genug, um auch einen weiseren Mann, als ich es bin, vor Unheil zu bewahren. Und zwischendurch mußte ich noch auf den Wilden aufpassen, der heizte. Er war ein veredeltes Exemplar; er konnte einen Kessel bedienen. Er arbeitete dort unter mir, und auf mein Wort, ihm zuzusehen war so possierlich, wie es der Anblick eines Hundes ist, der, mit Hosen und Federhut bekleidet, auf seinen Hinterbeinen geht. Einige Monate Ausbildung hatten bei diesem wirklich tüchtigen Kerl genügt. Er schielte nach dem Dampfdruck- und Wasserstandsmesser in dem sichtlichen Bestreben, sich nicht bange machen zu lassen – und er hatte obendrein abgefeilte Zähne, der arme Teufel, und die Wolle auf seinem Schädel war zu seltsamen Mustern geschoren, und jede seiner Wangen war mit drei Narben geschmückt. Eigentlich hätte er dort am Ufer in die Hände klatschen und mit den Füßen stampfen sollen; statt dessen verrichtete er harte Arbeit, ein Sklave fremder Zauberkunst, voller veredelnder Kenntnisse. Er war zu gebrauchen, weil er unterwiesen worden war; und was er wußte, war folgendes: sollte das Wasser in jenem durchsichtigen Ding verschwinden, so würde der böse Geist in dem Kessel vor großem Durst zornig werden und fürchterliche Rache nehmen. So schwitzte er und feuerte und beobachtete ängstlich das Glas (um den Arm hatte er einen improvisierten Talisman aus Lumpen gewickelt, und ein Stück polierten Knochens, so groß wie eine Taschenuhr, stak ihm flach in der Unterlippe), während die bewaldeten Ufer langsam an uns vorüberglitten, während das kurze Getöse hinter uns verklang und die unabsehbaren Meilen des Schweigens uns umfingen – und wir weiterkrochen zu Kurtz. Aber die treibenden Baumstämme waren dick, das Wasser war heimtückisch und seicht, der Kessel schien allerdings einen verdrießlichen Teufel zu beherbergen, und so blieb weder dem Heizer noch mir die Zeit, uns in unsere gruseligen Gedanken zu vertiefen.

Einige fünfzig Meilen unterhalb der inneren Station stießen wir auf eine Schilfhütte, auf eine schiefe und melancholische Stange mit dem unkenntlichen Fetzen dessen daran, was früher einmal eine Art Fahne gewesen sein mußte, und auf einen sauber aufgeschichteten Holzstoß. Das war etwas Unerwartetes. Wir gingen an Land und fanden auf dem Stapel Feuerholz ein Brett mit einer verblaßten Pinselschrift darauf. Als wir sie entziffert hatten, lautete die Inschrift: ›Holz für euch. Kommt schnell. Nähert euch vorsichtig.‹ Es stand eine Unterschrift darunter, doch sie war unleserlich – nicht Kurtz – ein viel längeres Wort. ›Kommt schnell.‹ Wohin? Stromaufwärts? ›Nähert euch vorsichtig.‹ Das hatten wir nicht getan. Doch die Warnung konnte nicht auf einen Ort gemünzt sein, an dem sie erst nach dem Näherkommen aufzufinden war. Irgend etwas stimmte nicht stromaufwärts. Doch was – und wie vieles? Das war die Frage. Wir äußerten uns abfällig über den Schwachsinn dieses Telegrammstils. Der Busch ringsumher sagte nichts dazu und ließ uns auch nicht sehr weit blicken. Ein zerfetzter Vorhang aus rotem Köper hing in der Türöffnung der Hütte und klatschte uns traurig ins Gesicht. Die Wohnstätte war ausgeräumt; doch wir konnten sehen, daß nicht lange zuvor ein Weißer darinnen gehaust hatte. Ein rohgezimmerter Tisch war zurückgeblieben – eine Planke auf zwei Pfosten; in einer dunklen Ecke lag ein Kehrichthaufen, und ich hob neben der Tür ein Buch auf. Es hatte den Deckel verloren, und die Seiten waren durch das viele Umblättern sehr schmutzig und weich geworden; doch der Rücken war in liebevoller Weise frisch mit weißem Baumwollgarn zusammengenäht worden, das noch sauber war. Es war ein außerordentlicher Fund. Der Titel des Buches lautete *Untersuchung einiger Fragen der Seemannskunst,* verfaßt von einem Mann namens

Towser, Towson – oder so ähnlich, Kapitän in S. M. Kriegsmarine. Es schien eine recht öde Lektüre zu sein mit verdeutlichenden Zeichnungen und abschreckenden Tabellen, und das Exemplar war sechzig Jahre alt. Ich behandelte dieses erstaunliche Altertumsstück so liebevoll wie möglich, damit es sich nicht in meinen Händen auflöse. Im Text erörterte Towson oder Towser ernsthaft die Bruchfestigkeit von Schiffsketten und Tauwerk, und mehr dergleichen. Kein sehr fesselndes Buch; doch schon auf den ersten Blick gewahrte man eine Zielstrebigkeit darin, ein aufrichtiges Interesse an der richtigen Art, eine Arbeit anzupacken, die diese bescheidenen, vor so vielen Jahren ausgedachten Seiten in einem anderen als einem bloß berufsmäßigen Licht erscheinen ließen. Der biedere alte Seemann ließ mich mit seinem Gerede über Ketten und Taljen den Dschungel und die Pilger vergessen in dem beglückenden Gefühl, auf etwas unmißverständlich Wirkliches gestoßen zu sein. Daß sich ein solches Buch hier fand, war wunderbar genug. Doch noch erstaunlicher waren die Bemerkungen, die mit Bleistift an den Rand geschrieben waren und die sich deutlich auf den Text bezogen. Ich traute meinen Augen nicht! Sie waren in Geheimschrift abgefaßt! Ja, es sah aus wie Geheimschrift. Denkt bloß: ein Mann schleppt ein solches Buch in dieses Nichts und studiert es – macht Notizen – in Geheimschrift obendrein! Das war des Rätselhaften wahrlich zuviel.

Schon geraume Zeit war ich mir eines störenden Geräusches halb bewußt gewesen, und als ich meine Augen hob, sah ich, daß der Holzstoß verschwunden war und daß der Direktor, unterstützt von allen Pilgern, vom Ufer aus nach mir rief. Ich steckte das Buch in die Tasche. Ich versichere euch, die Lektüre zu unterbrechen war für mich, als müßte ich mich vom sicheren Port einer alten und festgegründeten Freundschaft losreißen.

Ich brachte die lahme Maschine wieder in Gang. ›Es muß dieser elende Händler sein – dieser Eindringling‹, rief der Direktor und blickte gehässig nach dem Ort zurück, den wir soeben verlassen hatten. ›Es muß ein Engländer sein‹, sagte ich. ›Das wird ihn nicht davor bewahren, sich Unannehmlichkeiten zuzuziehen, wenn er sich nicht vorsieht‹, murmelte der Direktor düster. Ich bemerkte dazu mit geheuchelter Unschuld, auf dieser Welt sei kein Mensch vor Unannehmlichkeiten sicher.

Die Strömung wurde jetzt stärker, der Dampfer schien am Ende seiner Kräfte angelangt, das Heckrad klatschte träge, und ich ertappte mich dabei, wie ich gespannt auf seinen nächsten Schlag wartete, denn die nüchterne Wahrheit war, daß ich jeden Augenblick damit rechnete, das erbärmliche Ding könnte versagen. Es war, als sähe man den letzten Zuckungen eines Lebewesens zu. Doch noch immer krochen wir weiter. Manchmal visierte ich einen Baum etwas voraus an, um die Geschwindigkeit unserer Reise zu Kurtz abzuschätzen, doch ich verlor ihn unweigerlich aus dem Auge, noch ehe wir in gleicher Höhe mit ihm waren. Den Blick so lange auf ein einzelnes Ding gerichtet zu halten war zuviel für menschliche Geduld. Der Direktor legte eine schöne Resignation an den Tag. Ich verzehrte mich und kochte innerlich und begann mich zu fragen, ob ich offen mit Kurtz reden solle oder nicht; doch ehe ich zu einem Entschluß gelangen konnte, fiel mir ein, daß mein Reden wie mein Schweigen, ja eigentlich jede meiner Handlungen völlig zwecklos sein würde. Kam es denn auf das an, was jemand wußte oder nicht wußte? Kam es darauf an, wer Direktor war? Manchmal hat man solche blitzartigen Einsichten. Das Wesentliche dieser Geschichte lag tief verborgen unter der Oberfläche, meinem Verständnis entzogen und auch meiner Einflußnahme.

Gegen Abend des zweiten Tages schätzten wir uns ungefähr noch acht Meilen von Kurtzens Station entfernt. Ich wollte weiterfahren; doch der Direktor blickte ernst drein und erklärte mir, die Navigation dort oben sei so gefährlich, daß er es in Anbetracht der bereits sehr tief stehenden Sonne für ratsam halte zu bleiben, wo wir waren, und bis zum nächsten Morgen zu warten. Er wies ferner darauf hin, daß wir, wollten wir die Warnung, uns vorsichtig zu nähern, befolgen, uns nur bei Tageslicht nähern dürften – nicht in der Abenddämmerung oder gar in der Dunkelheit. Das war nur vernünftig. Acht Meilen bedeuteten für uns eine beinahe dreistündige Fahrt, und ich sah überdies kurz vor der nächsten Flußbiegung eine verdächtige Kabbelung. Dennoch war ich unaussprechlich ergrimmt über den Aufenthalt, und das sehr törichterweise, da eine Nacht kaum ins Gewicht fallen konnte nach so vielen Monaten. Da wir eine Menge Holz an Bord hatten und Vorsicht die Devise war, ging ich in der Mitte des Stroms vor Anker. Der Fluß war an dieser Stelle schmal, schnurgerade, von hohen Ufern gesäumt wie ein Eisenbahndurchstich. Schon lange vor Sonnenuntergang schob sich hier die Abenddämmerung vor. Der Strom lief glatt und schnell, doch an den Ufern herrschte eine stumme Reglosigkeit. Die lebendigen, durch Schlinggewächse miteinander verknüpften Bäume und jeder lebendige Busch des Unterholzes – sie alle hätten bis in ihre schlanksten Zweige, ihr zartestes Blatt zu Stein verwandelt sein können. Es war nicht Schlaf – es wirkte unnatürlich wie ein Trancezustand. Nicht das leiseste Geräusch war zu hören. Man blickte sich staunend um und begann den Verdacht zu hegen, taub zu sein – dann brach unversehens die Nacht herein und machte einen obendrein noch blind. Gegen drei Uhr morgens sprang ein großer Fisch aus dem Wasser, und das laute Klatschen ließ mich auffahren, als wäre ein Kanonenschuß abgefeuert worden. Als die Sonne aufging, lag ein weißer Nebel über dem Wasser, sehr warm und klamm und noch undurchdringlicher als die Nacht.

Er verschob oder verzog sich nicht; er war einfach da, umgab einen von allen Seiten wie etwas Festes. Gegen acht oder neun Uhr hob er sich, wie sich ein Rolladen hebt. Wir taten einen flüchtigen Blick auf die himmelragenden Baummassen, auf den riesigen, verfilzten Dschungel und den glühenden kleinen Sonnenball darüber – alles vollkommen still –, und dann senkte sich der weiße Rolladen wieder, sanft, als gleite er gefettete Kehlen hinab. Ich ordnete an, daß die Kette, die wir gerade einhievten, wieder weggefiert werde. Ehe noch die Kette mit dumpfem Rasseln ausgelaufen war, stieg ein Schrei, ein sehr lauter Schrei, wie unendlicher Trostlosigkeit sich entringend, langsam in die undurchdringliche Luft. Er verhallte. Ein in wilden Dissonanzen sich bewegendes Jammergeschrei schlug sodann ans Ohr. Allein schon das Unerwartete dieses Geschreis ließ mir unter meiner Mütze die Haare zu Berge steigen. Ich weiß nicht, wie die anderen davon berührt wurden: mir jedoch kam es vor, als habe der Nebel selber geschrien, so plötzlich und anscheinend von allen Seiten auf einmal hatte sich dieser tumultuöse und klägliche Lärm erhoben. Er gipfelte im kurzen Ausbruch eines fast unerträglich schrillen Kreischens, welches unvermittelt verstummte und uns erstarrt in allerlei albernen Stellungen dastehen und hartnäckig in die fast ebenso gräßliche und unmäßige Stille horchen ließ. ›Gütiger Gott! Was hat das zu bedeuten?‹ stammelte einer der Pilger neben mir, ein kleiner feister Mann, mit rotem Haar und Backenbart, der seitlich zugeknöpfte Stiefel trug, dazu einen rosafarbenen Pyjama, dessen Hosenbeine er in seine Socken gestopft hatte. Zwei andere standen minutenlang mit offenen Mündern da, dann rannten sie in die kleine Kajüte, preschten ungestüm wieder heraus, blieben stehen und sandten verängstigte Blicke in die Runde, ihre Winchester-Flinten ›schußbereit‹ in der Hand. Zu sehen war nur der Dampfer, auf dem wir standen und dessen Umrisse verschwommen waren, als wäre er in Auflösung begriffen, sowie ein dunstiger, vielleicht drei Fuß breiter Streifen Wasser rings um das Schiff – das war alles. Der Rest der Welt – soweit unser Auge und Ohr daran Teil hatten – war nirgendwo. Einfach nirgendwo. Fort, verschwunden; davongefegt, ohne ein Flüstern oder einen Schatten hinter sich zurückzulassen.

Ich ging nach vorn und befahl, die Kette kurzstag zu hieven, damit wir den Anker, wenn nötig, sogleich aus dem Grund reißen und losfahren könnten. ›Ob sie wohl angreifen?‹ flüsterte eine scheue Stimme. ›Wir werden in diesem Nebel alle niedergemetzelt werden‹, flüsterte eine andere. Die Gesichter zuckten vor Anspannung, die Hände zitterten ein wenig, die Augen vergaßen das Zwinkern. Es war sehr merkwürdig, den Gegensatz im Ausdruck der weißen Männer und der schwarzen Burschen unserer Besatzung zu beobachten, die in diesem Abschnitt des Flusses nicht minder Fremde waren als wir, obwohl ihre Heimat nur achthundert Meilen entfernt lag. Die Weißen, die freilich sehr beunruhigt waren, trugen gleichwohl eine sonderbar schmerzliche Miene zur Schau, als seien sie schockiert über solch haarsträubenden Lärm. Die anderen dagegen hatten einen alarmbereiten, auf eine natürliche Weise interessierten Ausdruck; doch waren ihre Gesichter im Grunde gelassen, sogar die grinsenden Gesichter der beiden Leute, die die Ankerkette hievten. Andere wechselten kurze, gegrunzte Sätze, die die Sache zu ihrer Befriedigung zu erledigen schienen. Ihr Häuptling, ein junger Schwarzer mit breiter Brust, ernst in dunkelblaue Fransentücher gehüllt, die Nüstern wild gebläht und das Haar kunstvoll in öligen Ringellocken frisiert, stand neben mir. ›Aha!‹ sagte ich, nur der guten Kameradschaft wegen. ›Fang ihn‹, stieß er hervor, während sich seine blutunterlaufenen Augen weiteten und die scharfen Zähne blitzten – ›fang ihn. Gib ihn uns.‹ ›Dir?‹ fragte ich; ›was willst du mit ihm anfangen?‹ ›Aufessen!‹ sagte er schroff und blickte, die Ellbogen auf die Reling gestützt, mit hoheitsvoller und tief nachdenklicher Miene in den Nebel hinaus. Ich wäre zweifellos ehrlich entsetzt gewesen, wäre mir nicht eingefallen, daß er und seine Gesellen sehr hungrig sein mußten: daß sie seit mindestens einem Monat an einem immer stärker werdenden Hunger leiden mußten. Sie waren für sechs Monate verpflichtet worden (ich glaube nicht, daß auch nur ein einziger von ihnen einen klaren Zeitbegriff hatte, so wie wir ihn uns nach unzähligen Jahrhunderten gebildet haben. Sie gehörten noch immer zu der Zeiten Anfang – verfügten über keine ererbte Erfahrung, aus der sie hätten lernen können), und natürlich kam es, solange man sich auf einen Fetzen Papier berufen konnte, der in Übereinstimmung mit dem einen oder anderen lächerlichen, weiter unten am Fluß erlassenen Gesetz ausgefertigt worden war, niemandem in den Sinn, sich darum zu kümmern, wovon sie leben sollten. Gewiß hatten sie ein Quantum fauliges Flußpferdfleisch mitgebracht, das in keinem Fall sehr lange vorgehalten hätte, auch wenn es die Pilger nicht mit schrecklichem Klamauk zu einem großen Teil über Bord geworfen hätten. Dies mochte wie ein Willkürakt aussehen, aber in Wirklichkeit war es nur ein Fall ehrlicher Selbstverteidigung gewesen. Man kann nicht schlafend und wachend und beim Essen Flußpferdaas riechen und dabei die ohnehin recht unsichere Herrschaft über das Dasein aufrechterhalten. Abgesehen davon hatten sie ihnen allwöchentlich drei Stück Messingdraht gegeben, jedes ungefähr neun Zoll lang; und das in der Überlegung, sie sollten sich mit dieser Währung in den Dörfern am Fluß die notwendigen Nahrungsmittel beschaffen. Ihr seht, was dabei herauskam. Entweder gab es am Fluß keine Dörfer, oder die Einwohner waren feindselig, oder der Direktor, der sich wie wir übrigen aus Konserven nährte, mit einem gelegentlich eingeschobenen zähen Ziegenbock, wollte den Dampfer aus mehr oder weniger verborgenen Gründen nicht anlegen lassen. Wenn sie also nicht den Draht selbst hinunterschluckten oder Schlingen daraus fertigten, um Fische zu fangen, ließ sich nicht ausmachen, was der seltsame Lohn ihnen nutzen sollte. Ich muß gestehen, er wurde ihnen mit einer Pünktlichkeit ausgezahlt, die einer großen und ehrbaren Handelsgesellschaft Ehre machte. Im übrigen war das einzig Eßbare – obwohl es keineswegs eßbar aussah –, was ich in ihrem Besitz bemerkte, mehrere in Blätter gewickelte Klumpen einer Masse, die wie halbgarer Teig von einer schmutzigen Lavendelfarbe wirkte. Von dieser vertilgten sie dann und wann ein Stückchen; doch war es so klein, daß man denken mußte, sie täten es mehr zur Wahrung des Scheins als zu irgendeinem ernsthaften Zweck der Ernährung. Warum sie sich im Namen aller am Hungertuch nagenden Teufel nicht an uns hielten – sie waren dreißig gegen fünf – und es sich wenigstens einmal tüchtig schmecken ließen, wundert mich heute noch, wenn ich darüber nachdenke. Sie waren große, kräftige Männer, denen es nicht eigentlich gegeben war, die Folgen ihres Tuns in Betracht zu ziehen – Männer voll Tapferkeit und Stärke, auch jetzt noch, da ihre Haut stumpf geworden und ihre Muskeln nicht mehr hart waren. Ich erkannte, daß hier etwas Hemmendes im Spiel war, eines jener menschlichen Geheimnisse, die aller Wahrscheinlichkeitsrechnung spotten. Ich betrachtete sie mit wachsender Anteilnahme – nicht etwa weil mir zu Bewußtsein gekommen wäre, ich könnte binnen kurzem von ihnen verspeist werden, obwohl ich gestehen muß, daß ich gerade damals gewahr wurde (unter einem völlig neuen Aspekt), wie ungesund die Pilger wirkten, und daß ich hoffte, ja, aufrichtig hoffte, mein Aussehen möchte nicht so – wie soll ich es nennen? – so – unappetitlich sein: eine Spur phantastischer Eitelkeit, die gut zu dem traumhaften Gefühl paßte, das damals meine Tage durchwaltete. Vielleicht hatte ich auch ein wenig Fieber. Man kann nicht beständig mit dem Finger am Puls leben. Ich hatte oft ›ein bißchen Fieber‹ oder einen Anflug von sonst etwas – die spielerischen Prankenhiebe der Wildnis, das einleitende Geplänkel vor dem ernsteren Überfall, der dann auch zu gegebener Zeit erfolgte. Ja, ich betrachtete sie, wie man ein jedes menschliche Wesen betrachtet, neugierig, was ihre Impulse, Fähigkeiten, Schwächen sein möchten, wenn sie auf die Probe eines unerbittlichen physischen Bedürfnisses gestellt würden. Hemmung! Was konnte das für eine Hemmung sein? War es Aberglaube, Abscheu, Geduld, Furcht – oder eine Art primitiver Ehre? Keine Furcht kann sich gegen den Hunger behaupten, keine Geduld ihn überdauern, Abscheu gibt es einfach nicht, wo Hunger ist; und was den Aberglauben, den Glauben und die sogenannten Grundsätze anlangt, so sind sie weniger als Spreu im Wind. Wißt ihr nicht um die Teuflischkeit anhaltenden Hungerleidens, um ihre zermürbende Folter, ihr düsteres und brütendes Ungestüm? Nun, ich habe sie kennengelernt. Sie raubt einem Mann all seine eingeborene Willenskraft, sich dem Hunger anständig zu widersetzen. Es ist wirklich einfacher, Verarmung, Schande und die Verdammnis der eigenen Seele zu ertragen – als anhaltenden Hunger. Traurig, aber wahr. Und diese Burschen hatten obendrein keinen erdenklichen Grund zu irgendwelchen Skrupeln. Hemmung! Ich hätte ebensogut von einer Hyäne Hemmungen erwarten können, die zwischen den Leichen eines Schlachtfeldes umherstöbert. Doch hier stand ich vor einer Tatsache – der Tatsache, die so verwirrend anzusehen war wie der Schaum auf den Tiefen des Meeres, wie das Gekräusel eines unauslotbaren Rätsels, eines Geheimnisses, größer noch – wenn ich es recht bedenke – als der merkwürdige, unerklärliche Klang verzweifelter Trauer bei jenem wilden Tumult, der auf dem Flußufer hinter der undurchdringlichen Weiße des Nebels an uns vorübergefegt war.

Zwei Pilger stritten sich in erregtem Geflüster darüber, welches Ufer es gewesen sei. ›Links.‹ ›Nein, nein; wo denken Sie hin? Rechts, rechts, natürlich.‹ ›Es ist sehr ernst‹, sagte hinter mir die Stimme des Direktors; ›ich wäre untröstlich, wenn Herrn Kurtz etwas zustoßen sollte, ehe wir angelangt sind.‹ Ich sah ihn an und hatte nicht den leisesten Zweifel darüber, daß er es ehrlich meinte. Er zählte zu denen, die bemüht sind, den Schein zu wahren. Das war seine Hemmung. Doch als er dann etwas murmelte wie: man müsse unverzüglich weiterfahren, machte ich mir nicht einmal die Mühe, ihm zu antworten. Ich wußte, und auch er wußte, daß dies unmöglich war. Ohne unseren festen Halt am Grund des Flusses hätten wir vollkommen in der Luft geschwebt – im Raum. Wir wären nicht in der Lage gewesen zu sagen, wohin wir fuhren – ob stromauf- oder stromabwärts –, bis wir an das eine oder andere Ufer gestoßen wären – und auch dann hätten wir zunächst nicht gewußt, welches von beiden es sei. Natürlich rührte ich mich nicht von der Stelle. Mir lag nichts an einer Havarie. Man hätte sich keinen tödlicheren Ort für einen Schiffbruch denken können. Ob wir nun gleich ertrunken wären oder nicht, wir wären doch auf die eine oder andere Art sehr schnell ums Leben gekommen. ›Ich ermächtige Sie, jedes Risiko einzugehen‹, sagte er nach kurzem Schweigen. ›Ich weigere mich, eines einzugehen‹, erwiderte ich kurzerhand, was genau die Antwort war, die er erwartet hatte, wenn ihn auch ihr Ton überrascht haben mochte. ›Nun, ich muß mich Ihrem Urteil fügen. Sie sind der Kapitän‹, sagte er mit betonter Höflichkeit. Ich kehrte ihm den Rücken zum Zeichen meiner besonderen Hochachtung und spähte in den Nebel. Wie lange würde er noch anhalten? Es war der hoffnungsloseste Ausguck, den man sich denken kann. Der Weg zu diesem Kurtz, der da den elenden Busch nach Elfenbein durchstöberte, war von ebenso vielen Gefahren umwittert, wie wenn er eine verzauberte Prinzessin gewesen wäre, die in einem sagenhaften Schloß schlief. ›Meinen Sie, die Kerle greifen an?‹ fragte der Direktor in vertraulichem Ton.

Ich glaubte nicht, daß sie angreifen würden, aus verschiedenen naheliegenden Gründen. Der dichte Nebel war ein Grund. Wenn sie in ihren Kanus vom Ufer abstießen, wären sie ebenso darin verloren gewesen wie wir, hätten wir uns fortzubewegen versucht. Indessen, auch den Dschungel auf beiden Ufern hatte ich für undurchdringlich gehalten – und doch waren Augen darinnen, Augen, die uns erspäht hatten. Das Ufergebüsch war freilich sehr dicht; doch ließ sich das Unterholz dahinter offensichtlich durchdringen. Dennoch hatte ich während der kurzen Aufklarung nirgends im Fluß Kanus bemerkt – bestimmt nicht in Höhe des Dampfers. Doch was mich einen Angriff für völlig ausgeschlossen halten ließ, das war der Charakter des Lärms gewesen – der Schreie, die wir gehört hatten. Sie hatten nicht jene Grimmigkeit besessen, welche unmittelbare feindselige Absichten anzukündigen pflegt. So unerwartet, wild und ungestüm sie auch gewesen waren, hatten sie bei mir doch den unwiderstehlichen Eindruck des Kummers hinterlassen. Der Anblick des Dampfers hatte diese Wilden aus irgendeinem Grund mit schrankenlosem Schmerz erfüllt. Gefahr, so erläuterte ich, könne uns, wenn überhaupt, nur aus der Nähe erwachsen, in der wir uns zu dieser losgelassenen menschlichen Leidenschaft befanden. Auch äußerster Schmerz vermöge sich schließlich in Gewalttätigkeit zu entladen – doch im allgemeinen flüchte er sich in einen Zustand der Gefühllosigkeit...

Ihr hättet sehen sollen, wie mich die Pilger anstarrten! Sie hatten nicht den Mut, zu lächeln oder mich zu verhöhnen: doch ich glaube, sie dachten, ich sei verrückt geworden – möglicherweise aus Furcht. Ich hielt ihnen einen regelrechten Vortrag. Es hatte ja keinen Sinn, sich aufzuregen. Auf dem Ausguck bleiben? Nun, ihr könnt euch vorstellen, daß ich den Nebel wie ein Luchs nach allen Zeichen einer Aufklarung absuchte; doch zu etwas anderem taugten unsere Augen ebensowenig, wie wenn wir kilometertief in einem Watteberg gesteckt hätten. Ich fühlte mich auch dementsprechend – dem Ersticken nahe, warm, beklommen. Übrigens entsprach alles, was ich sagte – wenn es auch abwegig klang –, durchaus der Wahrheit. Was wir später als einen Angriff hinstellten, war eigentlich nur ein Versuch gewesen, uns zurückzutreiben. Die Kampfhandlung war alles andere als aggressiv – sie war nicht einmal defensiv im üblichen Sinne: sie wurde unter dem Druck der Verzweiflung unternommen, und ihrem innersten Wesen nach galt sie dem Schutz.

Sie entspann sich, möchte ich sagen, zwei Stunden

nachdem der Nebel sich verzogen hatte, und sie begann an einem Punkt, der ungefähr anderthalb Meilen unterhalb von Kurtzens Station lag. Wir hatten uns gerade mühselig um eine Biegung des Flusses geschoben, als ich in der Mitte des Stroms eine kleine Insel sah, kaum mehr als ein strahlend grüner Grashügel. Weit und breit war nichts dergleichen sonst zu sehen; aber als wir näherkamen, stellte ich fest, daß es die Spitze einer langen Sandbank war oder vielmehr einer Kette von flachen Stellen, die sich in der Strommitte hinzogen. Sie waren farblos und eben unter der Wasseroberfläche zu sehen, so wie sich die Wirbelsäule eines Menschen unter der Haut seines Rückens abzeichnet. Allem Anschein nach konnte ich mich ebensogut rechts wie links von dieser Kette halten. Freilich kannte ich keine der beiden Fahrrinnen. Die Ufer sahen ziemlich gleich aus, die Tiefe schien dieselbe; doch da man mir gesagt hatte, die Niederlassung befinde sich auf der westlichen Seite, steuerte ich natürlich auf die westliche Durchfahrt zu.

Kaum waren wir richtig in diese Durchfahrt eingebogen, gewahrte ich, daß sie viel enger war, als ich gedacht hatte. Zu unserer Linken erstreckten sich die ausgedehnten, lückenlos aneinandergereihten Untiefen, zu unserer Rechten die hohe, steile Uferböschung, die dicht mit Gesträuch bewachsen war. Über dem Buschwerk erhoben sich in geschlossener Front die Bäume. Das Gezweig hing in dichter Masse über den Strom, und immer wieder ragte ein starker Ast starr über das Wasser hinaus. Es war inzwischen hoher Nachmittag geworden, das Antlitz des Waldes war düster, und schon fiel ein breiter Schattenstreifen über das Wasser. In diesem Schatten dampften wir flußaufwärts – sehr langsam, wie ihr euch denken könnt. Ich steuerte das Schiff hart ans Ufer heran, wo das Wasser, wie mir das Lot zeigte, am tiefsten war.

Einer meiner hungrigen und geduldigen Freunde lotete im Bug, gerade unterhalb von mir. Dieser Dampfer war wie ein gedeckter Prahm gebaut. An Deck standen zwei kleine Teakholzhäuser mit Türen und Fenstern. Der Kessel war im Vorderteil untergebracht und die Maschine im Achterschiff. Darüber war ein leichtes, auf Stützen ruhendes Dach gespannt, durch das der Schornstein hindurchragte. Vor diesem stand eine kleine Bretterbude, die als Ruderhaus diente. Sie enthielt ein Sofa, zwei Feldstühle, ein geladenes Martini-Henry-Gewehr, das in einer Ecke lehnte, einen kleinen Tisch und das Steuerrad. Sie hatte eine große Türe nach vorne und breite Fensterläden nach beiden Seiten. Die waren natürlich alle weit aufgerissen. Dort, auf dem äußersten Vorsprung des Daches über der Tür hockend, verbrachte ich meine Tage. Des Nachts schlief ich auf dem Sofa, oder versuchte es zumindest. Ein muskulöser Schwarzer, der irgendeinem Küstenstamm angehörte und noch von meinem armen Vorgänger ausgebildet worden war, war mein Rudersmann. Er trug ein Paar Messingohrringe, war vom Gürtel bis zu den Knöcheln in ein blaues Tuch gehüllt und hielt sich für wer weiß wen. Er war der unzuverlässigste Wirrkopf, der mir je vorgekommen ist. Er steuerte mit unglaublichen Faxen, solange man sich in seiner Nähe aufhielt; doch sowie er einen aus den Augen verlor, bekam er eine Höllenangst und hatte im Nu die Gewalt über den alten Klapperkasten von einem Dampfer verloren.

Ich sah gerade zum Peilstock hinunter und war recht verdrossen, da ich bemerkte, daß er bei jeder Lotung weiter aus dem Wasser schaute, als ich gewahrte, daß mein Mann das Loten plötzlich einstellte und sich flach hinlegte, ohne sich auch nur die Mühe zu machen, seinen Peilstock einzuholen. Er hielt ihn allerdings fest und zog ihn im Wasser nach. Gleichzeitig setzte sich der Heizer, den ich ebenfalls unter mir sehen konnte, plötzlich vor seinen Kessel hin und duckte den Kopf. Ich war verblüfft. Dann mußte ich sehr schnell einen Blick auf den Fluß werfen, weil ein Baumstamm in dem Fahrwasser auftauchte. Stöcke, kleine Stöcke flogen durch die Luft – in Scharen: sie schwirrten vor meiner Nase vorüber, fielen unter mir herab, schlugen hinter mir gegen mein Ruderhaus. Während dieser ganzen Zeit blieben der Fluß, das Ufer, die Wälder sehr still – vollkommen still. Ich konnte nur den schweren, klatschenden Schlag des Heckrades und das Prasseln dieser Dinger hören. Wir entgingen dem treibenden Baumstamm mit knapper Not. Pfeile, mein Gott! Wir wurden beschossen! Ich trat eilig hinein, um den Fensterladen auf der Uferseite zu schließen. Dieser närrische Rudersmann zog, während er die Hände an den Spaken hatte, seine Knie in die Höhe, stampfte mit den Füßen auf und bewegte seine Kiefer wie ein fest in den Zügeln gehaltenes Pferd. Zum Teufel mit ihm! Und wir schwankten keine zehn Fuß weit vom Ufer dahin. Ich mußte mich weit hinauslehnen, um den schweren Laden herbeizuziehen, und ich erblickte zwischen den Blättern in der Höhe meiner Augen ein Gesicht, das mich sehr grimmig und unentwegt ansah; und dann plötzlich, gleichsam als sei ein Schleier von meinen Augen fortgezogen worden, gewahrte ich in der verschlungenen Düsternis nackte Oberkörper, Arme, Beine, starrende Augen – das Dickicht wimmelte von sich bewegenden, gleißenden, bronzefarbenen Gliedmaßen. Das Gezweig zitterte, schwankte und raschelte, die Pfeile flogen daraus hervor, und dann schwang der Laden zu. ›Halt das Schiff auf geradem Kurs‹, sagte ich zu dem Rudersmann. Er blickte mit hocherhobenem Kopf starr geradeaus; aber seine Augen rollten, er hörte nicht auf, die Füße hochzuziehen und wieder auf den Boden zu setzen, sein Mund geiferte ein wenig. ›Ruhe!‹ befahl ich aufgebracht. Ich hätte ebensogut einem Baum verbieten können, im Wind zu schwanken. Ich rannte hinaus. Unter mir auf dem

Eisendeck hörte ich großes Füßegetrappel; ein Durcheinander von Rufen; eine Stimme schrie: ›Können Sie umdrehen?‹ Ich erblickte eine V-förmige Kabbelung voraus auf dem Wasser. Wie? Noch ein Baumstamm! Unter meinen Füßen brach Gewehrfeuer los. Die Pilger hatten das Feuer mit ihren Winchester-Flinten eröffnet und streuten Blei in das Dickicht. Ein verteufelter Rauchschwaden quoll herauf und zog langsam nach vorne. Ich fluchte. Jetzt vermochte ich die Kabbelung nicht mehr zu sehen und auch den Baumstamm nicht. Ich stand in der Türöffnung, spähte nach vorne, und die Pfeile flogen in Scharen. Möglicherweise waren sie vergiftet, doch sie sahen aus, als könnten sie keine Katze umbringen. Der Busch begann zu heulen. Unsere Holzfäller stimmten ein Kriegsgeschrei an; das Krachen eines Gewehrs unmittelbar hinter mir machte mich taub. Ich blickte über meine Schulter zurück, und das Ruderhaus war noch erfüllt von Lärm und Rauch – und da stürzte ich auch schon ans Steuerrad. Der Negerschwachkopf hatte alles liegen und stehen gelassen, um den Laden aufzustoßen und jenes geladene Martini-Henry-Gewehr abzufeuern. Er stand vor der weiten Öffnung und starrte hinaus, und ich schrie ihn an, er solle zurücktreten, während ich das Schiff nach dem plötzlichen Abdrehen wieder auf Kurs brachte. Es wäre kein Raum zum Wenden gewesen, selbst wenn ich gewollt hätte; der Baumstamm war irgendwo vor uns in diesem verdammten

Rauch. Es war keine Zeit zu verlieren, so hielt ich direkt auf das Ufer zu – direkt auf das Ufer, wo, wie ich wußte, das Wasser tief war.

Langsam schoben wir uns in einem Gestöber von zerbrochenen Zweigen und fliegenden Blättern unter den überhängenden Büschen vorwärts. Das Gewehrfeuer unten hörte, wie erwartet, auf, als die Knarren leer waren. Mein Kopf fuhr zurück, als ein flimmerndes Gezisch das Ruderhaus durchzuckte – bei der einen Fensterladenöffnung herein und bei der anderen hinaus. Als ich an jenem verrückten Rudersmann vorüberblickte, der das leergeschossene Gewehr schwang und zum Ufer hinüberbrüllte, bemerkte ich undeutliche Menschengestalten, die geduckt dahinrannten, sprangen, glitten, deutlich hervortretend, halb verdeckt, verschwindend. Etwas Großes tauchte in der Luft vor dem Fensterladen auf, das Gewehr ging über Bord, und der Mann trat geschwind zurück, blickte mich in einer außerordentlichen, abgründigen, vertraulichen Weise über die Schulter an und brach über meinen Füßen zusammen. Seine Schläfe schlug zweimal gegen das Steuerrad, und das eine Ende dessen, was ein langes Bambusrohr sein mochte, schwang klappernd herum und ließ einen kleinen Stuhl umstürzen. Es sah aus, als habe er bei der Anstrengung, jemandem am Ufer dieses Ding zu entwinden, das Gleichgewicht verloren. Der dünne Rauch hatte sich verzogen, wir hatten den treibenden Baumstamm hinter uns, und als ich nach vorn blickte, stellte ich fest, daß es uns nach ungefähr hundert Metern möglich sein würde, von diesem Ufer abzudrehen; doch meine Füße fühlten sich so überaus warm und feucht an, daß ich hinabblicken mußte. Der Mann war auf den Rücken gerollt und starrte mir von unten ins Gesicht. Seine beiden Hände umklammerten jenes Bambusrohr. Es war der Schaft eines Speers, der ihn – er war entweder durch die Öffnung gestoßen oder hereingeworfen worden – seitlich unterhalb der Rippen getroffen hatte; die Spitze war verschwunden, nachdem sie eine gräßliche Wunde gerissen hatte; meine Schuhe waren vollgelaufen; eine Blutlache stand sehr still und dunkelrot leuchtend unter dem Rad; seine Augen hatten einen erstaunlichen Glanz. Abermals brach Gewehrfeuer aus. Er blickte mich ängstlich an und packte den Speer wie etwas Kostbares und mit einer Miene, als fürchte er, ich könnte versuchen, ihn ihm zu entwenden. Nur mit Mühe vermochte ich meine Augen von seinem Blick loszureißen und zu steuern. Mit der einen Hand tastete ich über meinem Kopf nach der Leine der Dampfpfeife und brachte durch wiederholtes, ruckweises Zerren daran Heulton um Heulton hervor. Das Getümmel zorniger und kriegerischer Schreie hörte sogleich auf, und dann erscholl aus den Tiefen des Waldes solch ein bebender und gedehnter Klagelaut trauriger Furcht und völliger Verzweiflung, wie er sich vorstellen ließe beim Dahinschwinden auch der letzten Hoffnung von dieser Erde. Im Busch entstand eine heftige Bewegung; der Pfeilregen hörte auf, vereinzelte Schüsse peitschten über das Ufer – dann Schweigen, in welchem der träge Schlag des Heckrades deutlich an mein Ohr drang. Ich legte das Ruder hart Steuerbord, als der Pilger im rosaroten Pyjama sehr erhitzt und aufgeregt in der Tür erschien. ›Der Direktor schickt mich ...‹, begann er in offiziellem Ton und hielt dann inne. ›Gütiger Gott!‹ sagte er und starrte auf den Verwundeten.

Wir beiden Weißen standen über ihn gebeugt, und sein leuchtender und fragender Blick umfing uns beide. Wahrhaftig, es sah so aus, als werde er sogleich in einer verständlichen Sprache eine Frage an uns richten; doch er starb, ohne einen Laut von sich zu geben, ohne ein Glied zu rühren, ohne daß auch nur ein Muskel gezuckt hätte. Erst im allerletzten Augenblick, wie als Antwort auf ein Zeichen, das wir nicht sehen, auf ein Flüstern, das wir nicht hören konnten, runzelte er gewaltig die Stirn; und dieses Stirnrunzeln verlieh seiner schwarzen Totenmaske einen unbegreiflich düsteren, brütenden und drohenden Ausdruck. Der Glanz des fragenden Blickes verblaßte rasch in leere Glasigkeit. ›Können Sie steuern?‹ fragte ich hastig den Agenten. Er sah mich zweifelnd an; doch ich packte ihn am Arm, und er verstand sogleich, daß ich ihn am Ruder haben wollte, ob er damit umzugehen wußte oder nicht. Um euch die Wahrheit zu sagen, war ich geradezu krankhaft von dem Wunsch besessen, meine Schuhe und Strümpfe zu wechseln. ›Er ist tot‹, murmelte der Bursche sehr beeindruckt. ›Darüber kann kein Zweifel bestehen‹, sagte ich und zerrte wie toll an den Schuhriemen. ›Und im übrigen ist anzunehmen, daß Herr Kurtz unterdessen ebenfalls tot ist!‹

Im Augenblick war dies der beherrschende Gedanke. Ein Gefühl äußerster Enttäuschung hatte von mir Besitz ergriffen, gleichsam als sei mir zu Bewußtsein gekommen, daß ich nach etwas gestrebt hatte, das gänzlich gegenstandslos war. Ich hätte nicht empörter sein können, wenn ich diesen weiten Weg allein in der Absicht zurückgelegt hätte, mit Herrn Kurtz zu sprechen. Zu sprechen mit ... Ich warf einen Schuh über Bord und erkannte, daß es genau dies war, worauf ich es abgesehen hatte – ein Gespräch mit Kurtz. Ich machte die seltsame Entdeckung, daß ich ihn mir nie bei einer Tätigkeit vorgestellt hatte, wißt ihr, sondern immer nur im Gespräch. Ich sagte mir nicht: ›Jetzt wirst du ihn nie sehen‹, oder: ›Jetzt werde ich ihm nie die Hand schütteln‹, sondern: ›Jetzt werde ich ihn nie hören.‹ Der Mann stellte sich mir als eine Stimme dar. Freilich war es nicht so, daß ich ihn nicht in Zusammenhang mit einer Handlung gebracht hätte. War mir nicht in allen Tönen des Neides und der Bewunderung mitgeteilt worden, er habe mehr Elfenbein zusammengetragen, eingetauscht, erschwindelt oder gestohlen als all die anderen Agenten zusammen?

Dies war es nicht. Worauf es ankam, war, daß er ein begabtes Geschöpf war und daß unter all seinen Gaben die hervorstechendste – eine wirkliche Präsenz in sich schließende – seine Redegewandtheit war, seine Worte: die Gabe des Ausdrucks, der verblüffende, der erhellende, der erhabenste und verächtlichste, der pulsierende Strom des Lichts oder der trügerische Fluß aus dem Herzen einer undurchdringlichen Finsternis.

Der andere Schuh flog zu dem Teufelsgott dieses Flusses hinunter. Ich dachte: Donnerwetter! Nun ist alles aus. Wir kommen zu spät; er ist dahin – die Begabung ist dahin, dank einem Speer, Pfeil oder einer Keule. Ich werde jenen Knaben nun doch nicht reden hören – und mein Kummer war von einer erstaunlichen, einer maßlosen Gewalt: solch einer, wie ich sie in dem brüllenden Schmerz dieser Wilden im Busch entdeckt hatte. Ich hätte mich nicht einsamer und trostloser fühlen können, wäre ich meines Glaubens beraubt worden oder hätte ich die Bestimmung meines Lebens verfehlt ... Warum seufzt da einer von euch so niederträchtig? Verrückt? Also schön, verrückt. Lieber Gott! Muß nicht ein Mensch ... Nun, darf ich um etwas Tabak bitten.« ...

Eine tiefe Stille trat ein, dann flammte ein Zündholz auf, und Marlows Gesicht wurde sichtbar, abgespannt, hohlwangig, mit abwärts laufenden Falten und gesenkten Augenlidern, mit einem Ausdruck gesammelter Aufmerksamkeit; und dieweil er kräftig an seiner Pfeife sog, schien dieses Gesicht im regelmäßigen Aufflackern der winzigen Flamme zurückzuweichen und hervorzutreten aus der Nacht. Das Zündholz verglomm.

»Verrückt!« rief er. »Was kann man Ärgeres zu hören bekommen ... Da sitzt ihr alle, jeder an zwei guten Adressen vertäut wie eine Hulk an zwei Ankern, ein Schlachter um die eine Ecke, ein Polizist an der anderen, vorzüglicher Appetit und normale Temperatur – hört ihr – normal, jahrein, jahraus. Und ihr sagt: verrückt! Verrückt – sei's drum! Verrückt! Leute, was könnt ihr von einem Mann erwarten, der soeben aus reiner Überspanntheit ein Paar funkelnagelneuer Schuhe über Bord geworfen hat! Jetzt, da ich's bedenke, finde ich es erstaunlich, daß ich nicht in Tränen ausbrach. Im ganzen bin ich stolz auf meine Seelenstärke. Ich war tief zerknirscht bei dem Gedanken, das unschätzbare Privileg eingebüßt zu haben, dem begabten Kurtz lauschen zu dürfen. Natürlich irrte ich mich. Ich kam noch in den Genuß dieses Privilegs. O ja, ich hörte mehr als genug. Und ich hatte auch recht. Eine Stimme. Er war kaum mehr als eine Stimme. Und ich hörte ihn – sie – diese Stimme – andere Stimmen – alle waren kaum mehr als Stimmen –, und die Erinnerung an jene Zeit selbst umschwebt mich, ungreifbar, wie der ersterbende Hall eines gewaltigen Geschnatters, närrisch, gräßlich, niederträchtig, barbarisch, oder einfach gemein, ohne jeden Sinn. Stimmen, Stimmen – sogar das Mädchen – nun ...«

Er schwieg eine lange Zeit.

»Ich streckte das Gespenst seiner Begabung schließlich mit einer Lüge zu Boden«, hub er dann plötzlich wieder an. »Mädchen! Was? Sprach ich von einem Mädchen? Oh, sie hat nichts damit zu tun – absolut nichts. Sie – die Frauen, meine ich – haben nichts damit zu tun – sollten nichts damit zu tun haben. Wir müssen ihnen helfen, in ihrer schönen Welt zu verharren, damit die unsere nicht schlimmer wird. Oh, sie durfte gar nichts damit zu tun haben. Ihr hättet hören sollen, wie der exhumierte Leib des Herrn Kurtz ›Meine Zukünftige‹ sagte. Da hättet ihr sogleich erkannt, wie vollkommen außerhalb sie stand. Und dann das hohe Stirnbein des Herrn Kurtz! Man sagt, das Haar wachse gelegentlich weiter, aber dieses – nun – dieses Exemplar war ergreifend kahl. Die Wildnis hatte ihm den Schädel getätschelt, und, schaut nur, er war wie eine Kugel – eine Elfenbeinkugel; sie hatte ihn gestreichelt, und – siehe da! – er war verwelkt; sie hatte Besitz von ihm ergriffen, ihn geliebt, ihn umarmt, war in seine Adern eingedrungen, hatte sein Fleisch aufgezehrt und seine Seele an die ihre geschmiedet mit Hilfe der unvorstellbaren Riten einer teuflischen Initiation. Er war ihr verwöhnter, verzärtelter Liebling. Elfenbein? Das möchte ich meinen. Haufenweise, stapelweise. Die alte Lehmhütte quoll über davon. Man hätte denken können, es sei im Lande weit und breit kein einziger Stoßzahn oberhalb oder unterhalb des Erdbodens übriggeblieben. ›Größtenteils fossil‹, hatte der Direktor geringschätzig bemerkt. Es war nicht fossiler, als ich es bin; aber sie nennen es fossil, wenn es ausgegraben worden ist. Es hat den Anschein, als vergrüben diese Neger die Stoßzähne zuweilen – aber diesen Packen konnten sie offensichtlich nicht tief genug vergraben, um den begabten Kurtz vor seinem Schicksal zu bewahren. Wir luden das Dampfschiff voll damit und mußten noch etliches an Deck stapeln. So durfte er es sehen und genießen, solange er zu sehen vermochte, denn er bewahrte sich die Empfänglichkeit für diese Gnade bis zuletzt. Ihr hättet ihn hören sollen, wenn er ›Mein Elfenbein‹ sagte. O ja, ich hörte ihn. ›Meine Zukünftige, mein Elfenbein, meine Station, mein Fluß, meine ...‹ alles gehörte ihm. Es ließ mich den Atem anhalten, in Erwartung, die Wildnis könne in ein ungeheures, schallendes Gelächter ausbrechen, das noch die Fixsterne erschüttert hätte. Alles gehörte ihm – doch darauf kam es nicht an. Wichtig war, zu wissen, wem er angehörte, wie viele Mächte der Finsternis ihn als ihr Eigentum beanspruchten. Das war die Überlegung, bei der einem das Gruseln kam. Sich das auszudenken war unmöglich – es war einem auch nicht zuträglich. Er hatte einen hohen Platz unter den Landesteufeln eingenommen – ich meine das wörtlich. Ihr versteht das nicht. Wie könntet ihr auch? – mit soliden Pflastersteinen unter den Füßen, umgeben von lieben Nachbarn, die bereit sind, euch zuzujubeln oder über euch herzufallen, bedächtig dahinwandelnd zwischen Schlachter und Polizist, im heiligen Schrecken vor Skandal, Galgen und Irrenhaus – wie könntet ihr euch vorstellen, in welche besonderen uranfänglichen Regionen unbehinderte Füße einen Menschen zu tragen vermögen, einfach infolge seiner Einsamkeit – restloser, von keinem Büttel beaufsichtigter Einsamkeit – infolge des Schweigens – restlosen Schweigens, in welchem die warnende, von öffentlicher Meinung flüsternde Stimme des lieben Nachbarn nicht zu vernehmen ist. Diese Kleinigkeiten geben der Sache ein ganz anderes Gesicht. Wenn sie fortfallen, muß man auf die einem innewohnende Kraft zurückgreifen, auf die Macht der Treue. Natürlich mag man ein allzu großer Tor sein, um fehlzugehen – allzu dickfellig, um auch nur zu begreifen, daß einem die Mächte der Finsternis zusetzen. Für mich steht fest: kein Tor hat je dem Teufel seine Seele verschachert; entweder ist der Tor allzusehr Tor oder der Teufel allzusehr Teufel – ich weiß nicht, was von beiden. Oder man mag ein so schreiend erhabenes Wesen sein, daß man völlig taub und blind ist gegen alles außer gegen himmlische Bilder und Klänge. Dann ist einem die Erde nurmehr Standort – und ob so geartet zu sein nun ein Nachteil oder Vorteil ist, möchte ich mir zu beurteilen nicht herausnehmen. Aber die meisten von uns sind weder das eine noch das andere. Die Erde ist für uns ein Ort, auf dem wir leben, auf dem wir fertig werden müssen mit Bildern, Klängen, auch mit Gerüchen, weiß der Himmel! – auf dem wir sozusagen Flußpferdaas riechen müssen, ohne uns vergiften zu lassen. Und, seht ihr, da kommt die eigene Stärke ins Spiel, der Glaube an die eigene Fähigkeit, unauffällige Gruben zu graben, um das Zeug zu verscharren – die Macht der Hingabe: nicht an sich selbst, sondern an ein unerhebliches, zermürbendes Geschäft. Und derlei ist schwierig genug. Wohlgemerkt: ich versuche nicht, etwas zu entschuldigen oder auch nur zu erklären – ich versuche nur, mir selber klar zu werden über – über – Herrn Kurtz – über den Schatten des Herrn Kurtz. Dieses eingeweihte Geisterwesen aus dem hintersten Nirgends beehrte mich mit seinen erstaunlichen Konfidenzen, bevor es ganz und gar verschwand. Der Grund hierfür war der, daß es englisch mit mir reden konnte. Der ursprüngliche Herr Kurtz war teils in England erzogen worden, und – wie er freundlicherweise selber sagte – seine Sympathien waren am rechten Platz. Seine Mutter war Halbengländerin, sein Vater Halbfranzose. Ganz Europa war am Zustandekommen des Herrn Kurtz beteiligt gewesen; und alsbald erfuhr ich auch, daß ihn die Internationale Gesellschaft zur Unterdrückung primitiver Bräuche eigens mit der Ausarbeitung eines Berichtes betraut hatte, der ihr zur Orientierung für die Zukunft dienen sollte. Und er hatte diesen Bericht geschrieben. Ich habe ihn gesehen. Ich habe ihn gelesen. Er war beredt, geradezu zitternd vor Beredtheit, doch etwas überspannt, wie mir schien. Für siebzehn engbeschriebene Seiten hatte er Zeit gefunden! Doch das muß geschehen sein, ehe seine – sagen wir einmal – Nerven versagten und ihn veranlaßten, bei gewissen mitternächtlichen Tänzen zu präsidieren, welche – soviel ich widerstrebend dem mir bei verschiedenen Gelegenheiten Mitgeteilten entnehme – in unaussprechlichen, ihm huldigenden Riten gipfelten – versteht ihr? – ihm, Herrn Kurtz, persönlich. Doch es war ein prachtvolles Schriftstück. Der erste Absatz allerdings mutet im Licht späterer Mitteilungen recht unheilvoll an. Er begann mit der These, wir Weißen müßten auf dem Entwicklungspunkt, auf dem wir stünden ›ihnen (den Wilden) notwendigerweise wie übernatürliche Wesen vorkommen – wir träten ihnen in der Machtvollkommenheit einer Gottheit gegenüber‹, und so weiter und so weiter. ›Durch schlichte Willensäußerung könnten wir eine schier unbegrenzte Macht zum Guten ausüben‹, etc., etc. Von hier aus stieg der Flug seiner Gedanken himmelan und riß mich mit sich fort. Der zusammenfassende Schluß seiner Rede war grandios, wenn auch schwer im Gedächtnis zu behalten, wißt ihr. Er vermittelte mir die Vorstellung einer fremdartigen Unermeßlichkeit, die von erhabener Güte beherrscht wird. Es ließ mich vor Begeisterung erzittern. Dies war die unbegrenzte Macht der Beredsamkeit – der Worte – glühender, edler Worte. Da gab es keine praktischen Hinweise, die den Zauberfluß der Rede unterbrochen hätten, wenn nicht eine Art Fußnote auf der letzten Seite, die offensichtlich viel später und mit unsicherer Hand hingekritzelt worden war, als eine methodische Anleitung betrachtet werden kann. Sie war sehr einfach, und am Ende dieses bewegenden Appells an alle uneigennützigen Gefühle flammte sie einem entgegen, strahlend und erschreckend – wie ein Blitz aus heiterem Himmel: ›Rottet all diese Bestien aus!‹ Das Seltsame ist, daß er dieses kostbare Postskript anscheinend vergessen hatte, denn später, als er in gewissem Sinne wieder zu sich kam, bat er mich zu wiederholten Malen flehentlich, gut auf ›meine Flugschrift‹ (so nannte er den Bericht) aufzupassen, da sie gewiß einen günstigen Einfluß auf seine zukünftige Karriere haben würde. Ich war über all diese Dinge wohl unterrichtet, und überdies sollte ich, wie sich herausstellte, seines Gedächtnisses Hüter werden. Ich habe genug dafür getan, um mir das unbestreitbare Recht herausnehmen zu dürfen, es, wann immer es mir gefällt, zu ewiger Ruhe in den Mülleimer des Fortschritts zu werfen, zu all dem Kehricht und – bildlich gesprochen – all den toten Katzen der Zivilisation. Doch andererseits, seht ihr, steht es mir auch wieder nicht frei. Er wird nicht vergessen werden. Was er auch gewesen sein mag – gewöhnlich war er nicht. Er hatte die Macht, unentwickelte Seelen soweit zu bezaubern oder zu erschrecken, daß sie ihm zu Ehren einen abgeschmackten Hexentanz aufführten; er vermochte auch die kleinen Seelen der Pilger mit bitterer Mißgunst zu erfüllen, und er hatte eine Seele in der Welt erobert, die weder unentwickelt noch durch Selbstsucht vergiftet war. Nein, ich kann ihn nicht vergessen, obwohl ich nicht zu beweisen vermöchte, ob der Bursche wirklich das Menschenleben wert war, das wir auf dem Weg zu ihm verloren. Ich vermißte meinen verstorbenen Rudersmann fürchterlich – ich vermißte ihn sogar schon, als sein Leichnam noch im Ruderhaus lag. Vielleicht kommt euch diese Trauer um einen Wilden, der nicht mehr ins Gewicht fiel als ein Sandkorn in einer schwarzen Sahara, sonderbar vor. Nun, seht ihr denn nicht, daß er etwas getan, daß er gesteuert hatte; monatelang hatte ich ihn im Rücken gehabt – eine Stütze – ein Werkzeug. Es war eine Art Partnerschaft. Er steuerte für mich – ich mußte auf ihn aufpassen, mich mit seinen Unzulänglichkeiten abplagen, und auf diese Weise war ein geheimes Band geknüpft worden, dessen ich erst innewurde, als es plötzlich zerriß. Und die abgründige Intimität jenes Blickes, den er mir zuwarf, als ihm die Wunde beigebracht wurde, ist mir bis auf den heutigen Tag im Gedächtnis geblieben – wie der Anspruch einer fernen Verwandtschaft, die sich in einem höchsten Augenblick befestigt hatte.

Armer Tor! Wenn er nur den Fensterladen in

Ruhe gelassen hätte! Er war unbeherrscht – genau wie Kurtz –, ein schwankendes Rohr im Wind. Sobald ich in ein Paar trockener Pantoffel geschlüpft war, zerrte ich ihn hinaus, nachdem ich ihm zunächst einmal den Speer aus der Seite gezogen hatte, eine Operation, die ich – wie ich gestehen muß – mit festgeschlossenen Augen vornahm. Seine Fersen hüpften über die niedrige Schwelle; seine Schultern waren gegen meine Brust gedrückt; verzweifelt umfaßte ich ihn von hinten. Oh, er war schwer, schwer; schwerer als irgendein Mann auf Erden, denke ich. Dann kippte ich ihn ohne viele Umstände über Bord. Die Strömung erfaßte ihn, als sei er ein Büschel Gras, und ich sah, wie sich sein Körper zweimal umdrehte, ehe ich ihn für immer aus den Augen verlor. Inzwischen hatten sich alle Pilger und der Direktor an Deck unter dem Sonnensegel um das Ruderhaus versammelt und kakelten miteinander wie eine Schar aufgeregter Elstern, und ein entrüstetes Gemurmel über meine herzlose Eile war zu hören. Wozu sie jenen Leichnam liegenlassen wollten, weiß ich nicht. Vielleicht, um ihn einzubalsamieren. Doch ich hörte noch ein anderes, ein sehr bedrohliches Gemurmel vom Deck unter mir. Meine Freunde, die Holzfäller, waren ebenfalls entrüstet, und das aus einem sehr viel verständlicheren Grund – wenn ich auch zugeben muß, daß der Grund absolut unzulässig war. Oh, absolut! Ich war zu der Überzeugung gelangt, wenn es schon das Los meines Rudersmannes war, verspeist zu werden, dann sollte er den Fischen vorbehalten bleiben. Er war zu Lebzeiten ein sehr zweitrangiger Rudersmann gewesen, doch jetzt, da er tot war, mochte er zu einer erstrangigen Versuchung werden und möglicherweise Unfrieden stiften. Außerdem mußte ich ans Ruder, da sich der Mann im rosaroten Pyjama als hoffnungsloser Stümper erwies.

Dies tat ich auch, sobald die schlichte Bestattung vorüber war. Wir fuhren mit halber Kraft, hielten uns in der Mitte des Stromes, und ich horchte auf das Gerede rings um mich her. Sie hatten Kurtz aufgegeben, sie hatten die Station aufgegeben; Kurtz sei tot und die Station niedergebrannt – und so weiter – und so weiter. Der rothaarige Pilger geriet schier außer sich vor Freude bei dem Gedanken daran, daß dieser arme Kurtz wenigstens gebührend gerächt worden sei. ›Hören Sie mal! Wir müssen doch ein ganz schönes Gemetzel unter den Kerlen im Busch angerichtet haben. Was? Was meinen Sie?‹ Er führte einen regelrechten Tanz auf, der blutrünstige, kleine, feige Wicht. Und er war fast in Ohnmacht gefallen beim Anblick des Verwundeten! Ich konnte mich nicht enthalten zu erwidern: ›Immerhin haben Sie schön viel Qualm gemacht.‹ An die Art, wie die Wipfel der Büsche geraschelt hatten und abgeknickt waren, hatte ich abgelesen, daß fast alle Schüsse zu hoch gegangen waren. Man trifft auch nicht, wenn man nicht zielt und richtig anlegt; diese Knaben dagegen feuerten aus der Hüfte und mit geschlossenen Augen. Der Rückzug, behauptete ich – und ich hatte recht damit –, war durch das Kreischen der Dampfpfeife bewirkt worden. Hierauf vergaßen sie Kurtz und begannen, mit entrüsteten Protesten über mich herzufallen.

Der Direktor stand neben dem Ruder und murmelte vertraulich etwas von der Notwendigkeit, möglichst schnell von hier fort- und vor Einbruch der Dunkelheit um jeden Preis noch ein gutes Stück den Fluß hinunterzukommen, als ich in der Ferne eine Lichtung und die Umrisse eines Gebäudes erblickte. ›Was ist das?‹ fragte ich. Er klatschte verwundert in die Hände. ›Die Station!‹ rief er. Ich hielt sogleich darauf zu, noch immer mit halber Kraft.

Durch meinen Feldstecher sah ich den Abhang eines Hügels, mit einzelnen verstreuten Bäumen und ohne alles Unterholz. Ein langes zerfallenes Gebäude auf der Anhöhe war halb in dem hohen Gras begraben; schwarz gähnten mir aus der Ferne die großen Löcher in dem spitzen Dach entgegen; Dickicht und Wald bildeten den Hintergrund. Es gab keine Einfriedung und auch keinen Zaun; aber offensichtlich hatte es einmal einen gegeben, denn in der Nähe des Hauses war ein halbes Dutzend schlanker Pfähle in einer Reihe stehengeblieben, roh behauen und oben mit einer geschnitzten Kugel verziert. Das Gatter, oder was immer sich dazwischen befunden haben mochte, war verschwunden. Natürlich schloß der Wald alles ein. Das Flußufer war frei, und stehend am Wasser erblickte ich einen Weißen, der einen Hut, groß wie ein Wagenrad, auf dem Kopf hatte und beharrlich den Arm schwenkte. Als ich mir den Waldrand unten und auf der Anhöhe betrachtete, war ich fast sicher, dort Bewegungen zu sehen – menschliche Gestalten, die hin und her glitten. Zur Vorsicht dampfte ich an der Station vorüber, hielt dann die Maschine an und ließ das Schiff zurücktreiben. Der Mann am Ufer begann laut zu rufen und drängte uns, eilig an Land zu kommen. ›Wir sind angegriffen worden‹, schrie der Direktor. ›Ich weiß – ich weiß. Schon gut‹, brüllte der andere zurück, so fröhlich, wie ihr nur wollt. ›Nur zu. Schon gut. Ich bin froh.‹

Sein Anblick erinnerte mich an etwas, das mir schon sonst einmal begegnet war – etwas Drolliges, das ich irgendwo gesehen hatte. Während ich manövrierte, um längsseits zu kommen, fragte ich mich: ›Wem sieht der Bursche ähnlich?‹ Plötzlich wußte ich es. Er sah wie ein Harlekin aus. Sein Anzug war aus irgendwelchem Zeug, vermutlich ungebleichter Leinwand gemacht, doch übersät mit Flicken, mit bunten Flicken, blauen, roten und gelben – Flicken hinten, Flicken vorne, Flicken an den Ellenbogen, an den Knien; bunte Säume rings um die Jacke, purpurroter Besatz am Hosenboden; und in der Sonne wirkte er außerordentlich lustig und zugleich wunderbar ordentlich, denn man sah wohl, wie schön die Flickarbeit ausgeführt worden war. Ein bartloses, knabenhaftes Gesicht, sehr blond, keine ausgeprägten Züge; die Nase schälte sich; kleine, blaue Augen; Lächeln und Stirnerunzeln, die einander über dieses offene Antlitz jagten wie Sonnenschein und Schatten auf einer windgepeitschten Ebene. ›Achtung, Herr Kapitän!‹ rief er; ›letzte Nacht hat sich hier ein Baumstamm festgerammt.‹ Was! Noch ein Baumstamm? Ich muß gestehen, ich fluchte schändlich. Beinahe hätte ich zu guter Letzt noch ein Loch in meinen Krüppel gerissen, um dieser reizenden Fahrt auch einen würdigen Abschluß zu geben. Der Harlekin am Ufer wandte mir seine kleine Stupsnase zu. ›Sind Sie Engländer?‹ fragte er mit breitem Lächeln. ›Sind Sie etwa einer?‹ rief ich vom Ruder aus. Das Lächeln verschwand, und er schüttelte den Kopf, als bedaure er meine Enttäuschung. Dann strahlte er wieder. ›Macht nichts!‹ rief er aufmunternd. ›Kommen wir noch rechtzeitig?‹ fragte ich. ›Er ist dort oben‹, antwortete er, wies mit einer Kopfbewegung nach dem Hügel und wurde unversehens düster. Sein Gesicht war wie ein Herbsthimmel, einmal umwölkt und im nächsten Augenblick wieder strahlend.

Als der Direktor, begleitet von den Pilgern – alle bis zu den Zähnen bewaffnet –, zum Haus gegangen war, kam dieser Bursche an Bord. ›Sagen Sie, das gefällt mir gar nicht – im Busch diese Eingeborenen‹, fing ich an. Er versicherte mir ernstlich, damit habe es nichts auf sich. ›Das sind einfältige Leute‹, fügte er hinzu; ›nun, ich bin froh, daß Sie gekommen sind. Ich hatte unentwegt zu tun, sie abzuwehren.‹ ›Aber Sie sagten doch, es habe nichts auf sich mit ihnen‹, rief ich. ›Oh, sie führen nichts Böses im Schilde‹, sagte er; und als ich ihn anstarrte, korrigierte er sich: ›Nicht eigentlich.‹ Dann sagte er mit Lebhaftigkeit: ›Meiner Treu, Ihr Ruderhaus müßte mal gründlich gesäubert werden!‹ Im nächsten Atemzug riet er mir, genügend Dampf im Kessel zu halten, damit ich notfalls die Pfeife ertönen lassen könnte. ›Ein kräftiger Heulton richtet mehr aus als all eure Gewehre. Sie sind einfältige Leute‹, wiederholte er. Er plapperte mit großer Geschwindigkeit weiter, redete mich nachgerade in Grund und Boden. Er schien eine Menge Schweigen wettmachen zu wollen und bemerkte tatsächlich lachend, dies sei der Fall. ›Sprechen Sie denn nicht mit Herrn Kurtz?‹ fragte ich. ›Man spricht nicht mit diesem Mann – man hört ihm zu‹, rief er mit starker Begeisterung. ›Doch jetzt ...‹ Er machte eine Armbewegung und befand sich unversehens auf dem Grund tiefster Niedergeschlagenheit. Dann war er sogleich wieder obenauf, ergriff meine beiden Hände und schüttelte sie unentwegt, während er weiterschnatterte: ›Seemannsbruder ... Ehre ... Annehmlichkeit ... Freude ... darf mich vorstellen ... Russe ... Sohn eines Erzpriesters ... Gouvernement Tambov ... Wie? Tabak!

Englischer Tabak; der ausgezeichnete englische Tabak! Nein, das ist wirklich brüderlich. Rauchen? Wo gibt es einen Seemann, der nicht raucht?‹

Die Pfeife beruhigte ihn, und nach und nach reimte ich mir zusammen, daß er aus der Schule fortgelaufen, auf einem russischen Schiff zur See gegangen, abermals fortgelaufen war; daß er eine Zeitlang auf englischen Schiffen gefahren, jetzt mit dem Erzpriester ausgesöhnt war. Das betonte er besonders. ›Doch wenn man jung ist, muß man etwas sehen, Erfahrungen sammeln, Ideen, seinen geistigen Horizont erweitern.‹ ›Ausgerechnet hier!‹ unterbrach ich ihn. ›Man kann nie wissen! Hier begegnete ich Herrn Kurtz‹, sagte er jugendlich feierlich und vorwurfsvoll. Ich hielt daraufhin meinen Mund. Es stellte sich heraus, daß er ein holländisches Handelshaus an der Küste überredet hatte, ihn mit Vorräten und Handelsgütern zu versehen, und daß er leichten Herzens und unbekümmert wie ein Säugling um das, was ihm bevorstand, ins Innere aufgebrochen war. Er war an diesem Fluß beinahe zwei Jahre lang hingewandert, abgeschnitten von allem und jedem. ›Ich bin nicht mehr so jung, wie ich aussehe. Ich bin fünfundzwanzig‹, sagte er. ›Anfangs erklärte mir der alte Van Shuyten, ich solle mich zum Teufel scheren‹, berichtete er mit ausgesprochenem Behagen; ›doch ich ließ nicht locker und redete und redete, bis er schließlich Angst bekam, ich würde seinem Lieblingshund noch ein Hinterbein fortquasseln. Also gab er mir einige billige Sachen und ein paar Gewehre und erklärte mir, ich solle mich bloß nicht wieder blicken lassen. Guter alter Holländer, dieser Van Shuyten. Ich habe ihm vor Jahresfrist einen Stoß Elfenbein geschickt, damit er nicht von mir sagen soll, ich sei ein kleiner Dieb, wenn ich zurückkomme. Ich hoffe, er hat es erhalten. Alles andere ist mir gleichgültig. Ich hatte einiges Holz für Sie aufgestapelt. Das war mein altes Haus. Haben Sie es gesehen?‹

Ich gab ihm Towsons Buch. Er stellte sich an, als wolle er mir einen Kuß geben, beherrschte sich aber. ›Das einzige Buch, das zurückblieb; und ich fürchtete schon, ich hätte es verloren‹, sagte er und betrachtete es verzückt. ›Wissen Sie, einem Mann, der allein umherwandert, stößt vielerlei zu. Manchmal schlagen die Kanus um – und manchmal muß man sich schnell aus dem Staub machen, wenn die Leute zornig werden.‹ Er durchblätterte das Buch. ›Machten Sie die Notizen in Russisch?‹ fragte ich. Er nickte. ›Ich dachte, sie seien in Geheimschrift‹, sagte ich. Er lachte, dann wurde er ernst. ›Ich hatte große Mühe, diese Leute fernzuhalten‹, sagte er. ›Wollten die Kerle Sie umbringen?‹ fragte ich. ›Oh, nein!‹ rief er und hielt inne. ›Warum haben sie uns denn angegriffen?‹ fuhr ich fort. Er zögerte, dann sagte er kleinlaut: ›Sie möchten nicht, daß er geht.‹ ›Nein?‹ fragte ich neugierig. Er nickte, und sein Nicken war geheimnisvoll und weise. ›Ich sage Ihnen‹, rief er,

›dieser Mann hat den Horizont meines Geistes erweitert.‹ Er breitete die Arme aus und blickte mich mit seinen kleinen blauen Augen an, die vollkommen rund waren.

3

Ich sah ihn starr vor Staunen an. Da stand er vor mir in buntscheckigem Anzug, als wäre er einer Gauklertruppe davongelaufen – begeistert, fabelhaft. Sein Dasein allein schon war unwahrscheinlich, unerklärlich und gänzlich verwirrend. Er war ein unlösbares Rätsel. Man vermochte sich nicht vorzustellen, wie er sein Leben gefristet hatte, wie es ihm gelungen war, so weit zu kommen, wie er sich hatte halten können – warum er nicht auf der Stelle vom Erdboden verschwunden war. ›Ich ging ein bißchen weiter‹, sagte er, ›dann noch ein bißchen – bis ich so weit vorgedrungen war, daß ich nicht mehr wußte, wie ich je wieder zurückkommen sollte. Gleichviel. Habe ja Zeit in Hülle und Fülle. Schaffe es schon noch. Sie müssen schnell Kurtz fortbringen – schnell, rate ich Ihnen.‹ Der Zauberglanz der Jugend umstrahlte seine bunten Fetzen, seine Armut, seine Einsamkeit, die innerste Trostlosigkeit seiner Wanderungen. Monatelang – jahrelang – war sein Leben keinen Deut wert gewesen: und da stand er, tapfer, sorglos lebendig, allem Anschein nach unzerstörbar dank seiner jungen Jahre und seiner bedachtlosen Verwegenheit. Ein Gefühl der Bewunderung drängte sich mir auf – etwas wie Neid. Der Zauber trieb ihn vorwärts, der Zauber ließ ihn unversehrt. Sicherlich begehrte er von der Wildnis nichts als Raum, um zu atmen und weiter vorzudringen. Er hatte das Bedürfnis, zu leben und unter den größtmöglichen Gefahren, den höchsten Entbehrungen vorwärtszukommen. Wenn der vollkommen reine, unberechnende, unpraktische Geist des Abenteuers je ein menschliches Wesen beseelt hat, dann bestimmt diesen Jungen im Flickenrock. Ich beneidete ihn fast um den Besitz dieser bescheidenen und klar leuchtenden Flamme. Sie schien alle Gedanken an ihn selbst so vollständig aufgezehrt zu haben, daß man, sogar wenn er mit einem sprach, vergaß, er selbst – der Mann, der da vor einem stand – sei es gewesen, der all dies durchgemacht. Um seine Ergebenheit für Kurtz beneidete ich ihn allerdings nicht. Er hatte nicht über sie nachgedacht. Sie war in ihm gewachsen, und er hatte sie mit einer Art von eiferndem Fatalismus hingenommen. Ich muß sagen, sie schien mir in jeder Hinsicht das Gefährlichste, das ihm bisher zugestoßen war.

Das Zusammentreffen der beiden war unvermeidlich gewesen, wie das zweier nicht weit voneinander in Windstille treibender Schiffe, und schließlich hatten sie Seite an Seite gelegen. Vermutlich brauchte Kurtz einen Zuhörer, denn bei einer bestimmten Gelegenheit, als sie im Walde lagerten, hatten sie die ganze Nacht hindurch miteinander geredet, oder –

was wahrscheinlicher ist, hatte Kurtz geredet. ›Wir sprachen über alles‹, sagte er ganz hingerissen von der Erinnerung. ›Ich vergaß, daß es noch so etwas wie Schlaf gab. Die Nacht schien kaum eine Stunde zu währen. Über alles! Alles ... Auch über die Liebe.‹ ›Ah, er sprach zu Ihnen über Liebe!‹ sagte ich sehr belustigt. ›Ja, im allgemeinen. Er ließ mich Dinge sehen – Dinge!‹

Er warf beide Arme hoch. Wir waren inzwischen an Deck hinausgegangen, und der Häuptling meiner Holzfäller, der in der Nähe herumlungerte, richtete seine schweren und glitzernden Augen auf mich. Ich blickte mich um, und ich weiß nicht, warum, doch ich versichere euch, nie, nie zuvor war mir dieses Land, dieser Fluß, dieser Dschungel, ja sogar das Gewölbe dieses flammenden Himmels so hoffnungslos und so finster vorgekommen, so undurchdringlich für menschliches Denken, so erbarmungslos gegen menschliche Schwäche. ›Und seitdem sind Sie natürlich immer bei ihm geblieben?‹ fragte ich.

Im Gegenteil. Anscheinend war ihre Gemeinschaft des öfteren durch die verschiedensten Ursachen unterbrochen worden. Ihm sei, wie er mir stolz mitteilte, verstattet gewesen, Kurtz während zweier Krankheiten zu pflegen (er spielte darauf an wie auf ein gefahrvolles Heldenstück), aber in der Regel sei Kurtz allein gewandert, in den Tiefen der Wälder. ›Sehr oft, wenn ich zu dieser Station kam, mußte ich tagelang warten, bis er auftauchte‹, sagte er. ›Ah, es lohnte sich, zu warten! – manchmal.‹ ›Was hat er denn gemacht? Hat er das Land erforscht, oder was?‹ fragte ich. ›O ja, natürlich‹, er habe eine Menge Dörfer entdeckt, auch einen See – er wisse nicht genau in welcher Himmelsrichtung; es sei gefährlich gewesen, allzu viele Fragen zu stellen – doch meistens hätten seine Expeditionen dem Elfenbein gegolten. ›Aber er hatte doch längst keine Tauschwaren mehr‹, warf ich ein. ›Sogar jetzt sind noch eine stattliche Menge Patronen übrig‹, antwortete er und blickte fort. ›Um die Sache beim rechten Namen zu nennen, er plünderte also das Land aus‹, sagte ich. Er nickte. ›Doch bestimmt nicht allein!‹ Er murmelte etwas von den Dörfern und dem See. ›Kurtz brachte wohl den Stamm dazu, ihm Gefolgschaft zu leisten, wie?‹ riet ich. Er wurde ein wenig unruhig. ›Sie beteten ihn an‹, sagte er. Der Klang dieser Worte war so ungewöhnlich, daß ich ihn forschend ansah. Das Gemisch aus Bereitwilligkeit und Widerstreben, von Kurtz zu sprechen, war recht merkwürdig an ihm. Der Mann füllte sein Leben aus, beschäftigte sein Denken, bewegte sein Gemüt. ›Was wollen Sie?‹ platzte er heraus; ›er kam mit Blitz und Donner zu ihnen, wissen Sie – und sie hatten nie etwas Ähnliches gesehen – und er war sehr fürchterlich. Er konnte sehr fürchterlich sein. Sie dürfen Herrn Kurtz nicht wie einen gewöhnlichen Menschen beurteilen. Nein, nein, nein! Sehen Sie – um Ihnen nur einen Begriff zu geben – ich scheue mich nicht, Ihnen zu sagen, daß er auch mich eines Tages niederschießen wollte – aber ich verurteile ihn deshalb nicht.‹ ›Sie niederschießen!‹ rief ich. ›Weshalb nur?‹ ›Nun ja, ich hatte einen kleinen Vorrat an Elfenbein, den mir der Häuptling des Dorfes in der Nähe meines Hauses gegeben hatte. Wissen Sie, ich pflegte für sie zu jagen. Das wollte er also haben und war nicht zur Vernunft zu bringen. Er erklärte, er werde mich erschießen, wenn ich das Elfenbein nicht hergäbe und dann aus dem Land verschwände, weil er sich das erlauben könne und weil er es sich in den Kopf gesetzt habe und weil nichts in der Welt ihn hindern könne zu töten, wen immer er wolle. Und das stimmte auch. Ich gab ihm das Elfenbein. Was lag mir daran! Aber ich verschwand nicht aus dem Land. Nein, nein. Ich konnte mich nicht von ihm trennen. Ich mußte freilich auf der Hut sein, bis wir wieder eine Weile freundschaftlich miteinander verkehrt hatten. Damals machte er seine zweite Krankheit durch. Danach mußte ich ihm wieder aus dem Weg gehen; doch das verdroß mich nicht. Er lebte zumeist in jenen Dörfern am See. Wenn er zum Fluß kam, suchte er mich bisweilen auf; doch bisweilen war es für mich ratsamer, auf der Hut zu sein. Dieser Mann hatte zuviel gelitten. Er haßte das alles, und doch kam er irgendwie nicht davon los. Als sich einmal die Gelegenheit bot, flehte ich ihn an, den Versuch zu machen und fortzugehen, solange noch Zeit dazu sei; ich erbot mich, mit ihm zurückzukehren. Er stimmte mir auch zu und blieb dann doch; machte sich zu einer weiteren Elfenbeinjagd auf; verschwand für Wochen, vergaß sich selbst unter diesen Leuten – vergaß sich – verstehen Sie.‹ ›Wie denn! Er ist wahnsinnig‹, sagte ich. Er verwahrte sich voll Entrüstung dagegen. Herr Kurtz könne nicht wahnsinnig sein. Wenn ich ihn reden gehört hätte, noch zwei Tage zuvor, würde ich mich nicht unterstehen, solch eine Andeutung zu machen ... Ich hatte, während wir uns unterhielten, mein Fernglas aufgenommen und betrachtete das Ufer, überblickte forschend die Ränder des Waldes im Umkreis des Hauses. Zu wissen, daß sich in jenem Busch Leute aufhielten, so stumm, so leise – so stumm und leise wie das zerfallende Haus auf dem Hügel –, beunruhigte mich. Das Antlitz der Natur verriet mit keiner Miene etwas von dieser erstaunlichen Geschichte, die mir da weniger erzählt als in trostlosen, von einem Achselzucken abgeschlossenen Ausrufen angedeutet wurde, in abgerissenen Sätzen, in Anspielungen, die in tiefen Seufzern endeten. Die Wälder blieben ungerührt, wie eine Larve – wuchtig, wie die geschlossene Tür eines Gefängnisses –, sie blickten mit der Miene verborgenen Wissens, geduldiger Erwartung, unnahbaren Schweigens herab. Der Russe erklärte mir, erst kürzlich sei Herr Kurtz zum Fluß zurückgekommen und habe all die Krieger jenes Seen-Stammes mitgebracht. Er sei mehrere Monate fortgewesen – wohl um sich anbeten zu lassen – und sei hier unvermutet eingetroffen, allem Anschein nach mit der Absicht, entweder jenseits des Flusses oder weiter flußabwärts einen Raubzug zu unternehmen. Offensichtlich hatte die Sucht nach Elfenbein den Sieg davongetragen über – wie soll ich's nennen? – seine weniger materiellen Bestrebungen. Er habe sich jedoch plötzlich viel elender gefühlt. ›Ich hörte, er liege hier hilflos, und so kam ich herauf – ergriff die Gelegenheit‹, sagte der Russe. ›Oh, er ist übel dran, sehr übel.‹ Ich richtete mein Fernglas auf das Haus. Da war kein Lebenszeichen zu sehen, doch da war das baufällige Dach, die lange Lehmwand, die über dem Gras hervorlugte, mit drei kleinen, rechteckigen Fensterlöchern, von denen nicht zwei dieselbe Größe hatten; all das wurde nun in Reichweite meiner Hand gebracht. Und dann machte ich eine ruckhafte Bewegung, und einer der übriggebliebenen Pfähle jenes verschwundenen Gatters sprang ins Blickfeld meines Fernglases. Ihr erinnert euch: ich erzählte schon, ich sei aus der Ferne betroffen gewesen von gewissen Ansätzen einer Ornamentierung, die angesichts der Baufälligkeit des Ortes bemerkenswert genug gewesen seien. Jetzt sah ich sie plötzlich aus größerer Nähe, und ihre erste Wirkung auf mich war derart, daß ich verdutzt zurückfuhr. Dann ließ ich das Fernglas behutsam von Pfosten zu Pfosten wandern und erkannte meinen Irrtum. Diese runden Köpfe waren nicht ornamental, sondern symbolisch; sie waren ausdrucksvoll und verwirrend – Nahrung sowohl den Gedanken als auch den Geiern, wenn welche am Himmel gewesen wären und herabgespäht hätten; jedenfalls aber den Ameisen, die emsig genug die Pfosten hinaufliefen. Sie wären sogar noch eindrucksvoller gewesen, diese Schädel dort auf den Pfählen, wenn sie ihre Gesichter nicht dem Haus zugekehrt hätten. Nur einer, der erste, den ich bemerkt hatte, blickte in meine Richtung. Ich war nicht so erschrocken, wie ihr vielleicht annehmt. Das Zurückfahren war nichts als ein Ausdruck der Überraschung. Ich war auf Holzkugeln gefaßt gewesen, wißt ihr. Ich kehrte bedächtig zum ersten, den ich gesehen, zurück – und da war er, schwarz, vertrocknet, eingesunken, mit geschlossenen Augenlidern – ein Kopf, der auf der Spitze jenes Pfahles zu schlafen schien und der, da die eingeschnurrten, trockenen Lippen eine Reihe weißer Zähne bloßlegten, obendrein lächelte, unentwegt lächelte über einen nicht endenden, scherzhaften Traum jenes ewigen Schlummers.

Ich verrate keine Geschäftsgeheimnisse. Tatsächlich sagte der Direktor später, die Methoden des Herrn Kurtz hätten den Distrikt zugrunde gerichtet. Ich enthalte mich einer Meinung in diesem Punkt, aber ich möchte euch darüber nicht im unklaren lassen, daß das Vorhandensein der Köpfe dort nicht eigentlich etwas mit Gewinst zu tun hatte. Sie zeigten nur an, daß Herrn Kurtz jegliche Hemmung in der Befriedigung seiner mannigfachen Lüste abging, daß ihm etwas fehlte – eine Winzigkeit, die, im Ernstfall, unter seiner großartigen Beredsamkeit nicht zu finden war. Ob er selbst um diese Unzulänglichkeit wußte, kann ich nicht sagen. Ich glaube, ihm kam sie zum Schluß doch noch zu Bewußtsein – ganz zum Schluß. Doch die Wildnis hatte ihn früher durchschaut und fürchterliche Rache an ihm genommen für diesen spukhaften Überfall. Ich denke, sie hat ihm Dinge über ihn selber zugeflüstert, die ihm unbekannt waren, Dinge, von denen er gar keinen Begriff hatte, ehe er mit dieser großen Einsamkeit zu Rate ging – und das Geflüster hatte sich als unwiderstehlich bestrickend erwiesen. Es hallte laut in ihm wider, weil er im Innersten hohl war ... Ich setzte das Fernglas ab, und der Kopf, der so nah gewirkt, daß man mit ihm hätte sprechen können, schien von mir fort in unerreichbare Fernen geschnellt zu sein.

Der Bewunderer des Herrn Kurtz war ein wenig zerknirscht. Mit hastigen, undeutlichen Worten begann er mir zu versichern, er habe nicht gewagt, diese – sagen wir – Symbole herunterzunehmen. Er fürchte sich nicht vor den Eingeborenen; die rührten sich doch erst, wenn Herr Kurtz das Signal gäbe. Seine Macht sei außerordentlich. Die Lager dieser Leute befänden sich rings um die Station, und die Häuptlinge stellten sich allmorgendlich ein, um ihm ihre Aufwartung zu machen. Sie kröchen am Boden ... ›Ich will nichts von dem Zeremoniell wissen, mit dem man sich Herrn Kurtz nähert‹, rief ich.

Merkwürdig, dieses Gefühl, das mich da überkam – daß nämlich solche Einzelheiten unerträglicher seien als die aufgepfählten Köpfe, die da unter Herrn Kurtzens Fenster vertrockneten. Schließlich war das nur ein barbarischer Anblick, während ich hier mit einem Satz in eine lichtlose Region ausgeklügelter Schrecknisse getragen zu werden schien, wo reine, unkomplizierte Barbarei eine wahre Wohltat war, etwas, das – offensichtlich – ein Lebensrecht hatte unter der Sonne. Der junge Mann sah mich verdutzt an. Ich vermute, er begriff nicht, daß Herr Kurtz für mich kein Idol war. Er vergaß, daß ich keinem dieser großartigen Monologe gelauscht hatte über – was eigentlich? – über Liebe, Gerechtigkeit, Lebensführung und so weiter. Was das Kriechen vor Herrn Kurtz betreffe, so sei er ebensoviel gekrochen wie der waschechteste Wilde. Ich hätte gar keine Ahnung von den Verhältnissen hier, sagte er: diese Köpfe seien die Köpfe von Rebellen. Ich verblüffte ihn gewaltig durch mein Gelächter. Rebellen! Was mochte die nächste Definition sein, die ich zu hören bekam? Es gab schon Feinde, Verbrecher, Arbeiter – und diese da sollten also Rebellen sein. Diese rebellischen Köpfe machten mir einen sehr unterwürfigen Eindruck, dort auf ihren Pfählen. ›Sie wissen ja gar nicht, wie solch ein Leben einem Mann von Kurtzens Schlag zusetzt‹, rief Kurtzens letzter Jünger. ›Nun, und wie steht es mit Ihnen?‹ sagte ich. ›Ich! Ich! Ich bin ein schlichter Mann. Ich habe keine großen

Gedanken. Ich will von niemandem etwas. Wie können Sie mich mit ihm vergleichen? . . .‹ Sein Gefühl war zu übermächtig, um sich in Worte fassen zu lassen, und plötzlich blieb er stecken. ›Ich verstehe es nicht‹, stöhnte er. ›Ich habe mein Bestes getan, um ihn am Leben zu erhalten, und das genügt. An alledem habe ich keinen Teil. Ich habe keine besonderen Fähigkeiten. Schon seit Monaten gibt es hier keinen Tropfen Medizin und keinen Bissen Krankenkost mehr. Er wurde schändlich im Stich gelassen. Ein Mann wie er, mit solchen Ideen. Schändlich! Schändlich! Ich – ich – habe die letzten zehn Nächte nicht geschlafen . . .‹

Seine Stimme verlor sich in der Stille des Abends. Die langen Schatten des Waldes waren, während wir redeten, den Hügel hinabgeglitten und weit über die zerfallene Elendshütte, über die symbolische Pfahlreihe vorgerückt. All das lag schon im Dämmerlicht, während wir selbst dort unten noch im Sonnenschein standen und die Flußstrecke vor der Lichtung glitzernd in stiller und blendender Pracht dalag, zwischen einer düsteren, beschatteten Biegung oberhalb und einer anderen unterhalb. Kein Lebewesen war am Ufer zu sehen. Die Büsche raschelten nicht.

Plötzlich tauchte um die Ecke des Hauses eine Gruppe von Männern auf, als entstiegen sie dem Erdboden. Sie wateten in geschlossener Einheit bis zur Brust im Gras und trugen eine behelfsmäßige Bahre in ihrer Mitte. Sogleich erhob sich aus der

Leere der Landschaft ein Schrei, dessen Schrillheit die stille Luft wie ein spitzer Pfeil durchschnitt, der das Land gerade ins Herz traf; und wie durch einen Zauber wurden Ströme menschlicher Wesen – nackter menschlicher Wesen –, mit Speeren in den Händen, mit Bogen, mit Schilden, mit wilden Blicken und wütenden Bewegungen von dem grimmen, sinnenden Wald in die Lichtung ausgegossen. Die Büsche erzitterten, das Gras wogte eine Weile, und dann erstarrte alles in gespannter Reglosigkeit.

›Wenn er jetzt nicht das Richtige zu ihnen sagt, sind wir alle verloren‹, erklärte der Russe neben mir. Das Fähnlein mit der Bahre war ebenfalls auf halbem Weg zum Dampfer wie versteinert stehengeblieben. Ich sah, wie sich der Mann auf der Bahre über den Schultern seiner Träger hager und mit erhobenem Arm aufsetzte. ›Wir wollen hoffen, daß dem Mann, der so gut von der Liebe im allgemeinen zu sprechen weiß, ein triftiges Argument einfällt, um uns für diesmal zu verschonen‹, sagte ich. Ich war tief empört über die lächerliche Gefahr, in der wir schwebten, gleichsam als sei von der Gnade jenes scheußlichen Gespenstes abhängig zu sein einer schimpflichen Notwendigkeit gleichgekommen. Ich vernahm keinen Laut, doch durch mein Fernglas sah ich den gebieterisch ausgestreckten dünnen Arm, sah, wie sich der Unterkiefer bewegte, sah, wie die tief in den knochigen, seltsam ruckweise nickenden Schädel eingesunkenen Augen des Gespenstes dunkel leuchteten. Kurtz – Kurtz – das hat doch seine Bedeutung, nicht wahr? Nun, der Name war nicht wahrer als alles übrige in seinem Leben – und Tod. Er wirkte mindestens sieben Fuß lang. Seine Decke war herabgeglitten, und sein Körper kam jämmerlich und abstoßend zum Vorschein, wie aus einem Grabtuch gewickelt. Ich konnte sehen, wie die Knochen seines Brustkorbes in Bewegung gerieten, wie er seine Armknochen schwenkte. Es war, als schüttele ein beseeltes, aus altem Elfenbein geschnitztes Bild des Todes drohend seine Hand über eine reglose Menschenmenge aus dunkel schimmernder Bronze. Ich sah, wie er weit den Mund aufriß – das verlieh ihm ein gräßlich unersättliches Aussehen, so als hätte er alle Luft, die ganze Erde, alle Menschen, die da vor ihm standen, verschlingen wollen. Eine tiefe Stimme drang schwach an mein Ohr. Er muß gebrüllt haben. Er sank plötzlich zurück. Die Bahre schaukelte, die Träger stolperten weiter, und fast gleichzeitig bemerkte ich, daß die Scharen der Wilden ohne jede sichtbare Rückzugsbewegung verschwanden, so als hätte sie der Wald, der diese Wesen so unvermittelt ausgespien, wieder eingesogen, wie beim tiefen Atemholen die Luft eingesogen wird.

Einige der Pilger hinter der Bahre trugen seine Waffen – zwei Schrotflinten, ein schweres Gewehr und einen leichten Magazinkarabiner – die Donnerkeile dieses jämmerlichen Jupiters. Der Direktor neigte sich, während er neben seinem Haupt dahinschritt, murmelnd über ihn. Sie legten ihn in eine der kleinen Kabinen – eine, die gerade groß genug für eine Bettstelle und ein oder zwei Klappstühle ist, wißt ihr. Wir hatten seine liegengebliebene Korrespondenz mitgebracht, und ein Haufen aufgerissener Umschläge und offener Briefe war über sein Bett verstreut. Seine Hand glitt schwach unter diesen Blättern umher. Ich war betroffen von der Glut seiner Augen und der gefaßten Mattigkeit seiner Gesichtszüge. Es war nicht eigentlich die Erschöpfung der Krankheit. Er schien keine Schmerzen zu leiden. Dieser Schatten wirkte zufrieden und ruhig, als habe er für eine Weile genug von allen Gefühlsregungen.

Er raschelte mit einem der Briefe, sah mir gerade ins Gesicht und sagte: ›Sehr angenehm.‹ Jemand hatte ihm von mir geschrieben. Wieder tauchten diese besonderen Empfehlungen auf. Der volle Ton, den er mühelos, ja fast ohne die Lippen zu bewegen von sich gab, verblüffte mich. Eine Stimme! Eine Stimme! Sie klang ernst, tief, bebend, während der Mann kaum eines Flüsterns fähig zu sein schien. Immerhin hatte er noch genügend Kraft in sich – künstlich aufgebotene Kraft, zweifellos –, um uns beinahe den Garaus zu machen, wie ihr gleich hören werdet.

Der Direktor erschien schweigend in der Türöffnung; ich ging sogleich hinaus, und er zog hinter mir den Vorhang zu. Der Russe, den die Pilger neugierig betrachteten, starrte auf das Ufer. Ich folgte der Richtung seines Blickes.

In der Ferne waren dunkle menschliche Gestalten zu sehen, die undeutlich vor dem düsteren Saum des Waldes hin und her flitzten, und in der Nähe des Ufers standen zwei Bronzefiguren, auf hohe Speere gelehnt, unter einem phantastischen Kopfschmuck aus gefleckten Fellen, kriegerisch und in statuenhafter Ruhe im Sonnenlicht. Und das beleuchtete Ufer entlang bewegte sich von rechts nach links eine wilde und prächtige Frauensperson.

Sie kam gemessenen Schrittes daher. Angetan mit gestreiften und fransenbesetzten Tüchern, stampfte sie unter dem Geglitzer und leisen Geklingel barbarischen Schmuckes stolz über den Boden. Sie hielt ihren Kopf hoch erhoben; ihr Haar war in der Form eines Helms frisiert; sie trug bis zu den Knien reichende Messing-Gamaschen; Messing-Armreife bis zu den Ellenbogen, einen roten Fleck auf ihrer lohfarbenen Wange, unzählige Halsbänder aus Glasperlen; bizarre Dinge, Amulette, Geschenke von Medizinmännern, die an ihr herumbaumelten, glitzerten und bei jedem Schritt erzitterten. Sie muß den Wert mehrerer Elefantenstoßzähne an sich getragen haben. Sie war primitiv und herrlich, funkeläugig und grandios; etwas Unheilverkündendes und Hoheitsvolles lag in ihrem bedächtigen Näherkommen. Und in dem Schweigen, das sich plötzlich über das ganze kummervolle Land gebreitet hatte, schien die riesige Wildnis, der gewaltige Leib des fruchtbaren und geheimnisvollen Lebens, sinnend auf sie herabzublicken, als betrachte er das Bildnis seiner eigenen lichtscheuen und leidenschaftlichen Seele.

Sie kam dicht an den Dampfer heran, blieb stehen und wandte uns ihr Gesicht zu. Ihr langer Schatten fiel bis zum Rand des Wassers. Ihr Gesicht hatte den tragischen und ungestümen Ausdruck wilden Schmerzes und stummer Pein, vermischt mit der Bangigkeit eines sich emporringenden, unfertigen Entschlusses. Sie stand da und sah uns reglos an, wie die Wildnis selbst, mit einer Miene, als brüte sie über einer unergründlichen Absicht. Eine volle Minute verstrich, und dann trat sie einen Schritt vor. Es gab ein leises Geklingel, ein Aufschimmern gelben Metalls, ein Gewoge fransenbesetzter Tücher, und dann hielt sie inne, als habe sie den Mut verloren. Der junge Bursche neben mir brummte. Hinter mir murmelten die Pilger. Sie sah uns alle an, als hinge ihr Leben von der unerschütterlichen Standhaftigkeit ihres Blickes ab. Plötzlich breitete sie ihre nackten Arme aus und warf sie starr empor, wie in einem unbezähmbaren Verlangen, den Himmel zu berühren, und im selben Augenblick schossen die hurtigen Schatten aus dem Boden, fegten auf allen Seiten über den Fluß, umschlangen den Dampfer in einer schattenhaften Liebkosung. Ein fürchterliches Schweigen hing über dem Schauplatz.

Sie wandte sich langsam ab, schritt weiter, folgte dem Ufer und tauchte im Buschwerk zur Linken unter. Einmal nur blitzten ihre Augen aus der

Düsternis des Dickichts zu uns zurück, ehe sie verschwand.

›Wenn sie sich unterstanden hätte, an Bord zu kommen, ich glaube, ich hätte wirklich versucht, sie zu erschießen‹, sagte der Mann im Flickenanzug aufgeregt. ›Ich setzte während der letzten zwei Wochen Tag für Tag mein Leben aufs Spiel, um sie vom Hause fernzuhalten. Einmal kam sie herein und schlug einen Riesenlärm wegen jener kläglichen Fetzen, die ich in dem Lagerraum aufgelesen hatte, um damit meine Kleider zu flicken. Mein Aufzug sei nicht schicklich. Wenigstens muß es das gewesen sein, denn sie redete eine Stunde lang wie wild auf Kurtz ein und deutete dann und wann auf mich. Ich verstehe den Dialekt dieses Stammes nicht. Zu meinem Glück fühlte sich, glaube ich, Kurtz an jenem Tag zu elend, um auf das Gerede einzugehen, denn sonst hätte es Verdruß gegeben. Ich verstehe nicht . . . Nein, es geht über meinen Verstand. Ah, gut, nun ist alles vorbei.‹

In diesem Augenblick hörte ich Kurtzens tiefe Stimme hinter dem Vorhang: ›Mich retten! – das Elfenbein retten, meinen Sie wohl. Erzählen Sie mir keine Märchen. *Mich* retten! Dabei mußte ich Sie retten. Sie durchkreuzen meine Pläne. Krank! Was heißt krank! Nicht so krank, wie Ihnen lieb wäre. Gleichviel. Ich werde meine Ideen schon noch verwirklichen – ich werde zurückkehren. Ich werde Ihnen zeigen, was zu machen ist. Sie mit Ihren kleinlichen Krämerbegriffen – Sie pfuschen mir bloß ins Handwerk. Ich werde zurückkehren. Ich ...‹

Der Direktor trat heraus. Er erwies mir die Ehre, seinen Arm unter den meinen zu schieben und mich beiseite zu führen. ›Er ist sehr matt, sehr matt‹, sagte er. Er hielt einen Seufzer für angebracht, versäumte jedoch, eine entsprechend bekümmerte Miene aufzusetzen. ›Wir haben für ihn alles getan, was in unserer Macht stand – oder nicht? Aber es läßt sich nicht verhehlen, daß Herr Kurtz der Handelsgesellschaft mehr geschadet als genutzt hat. Er erkannte nicht, daß die Zeit noch nicht reif für Gewaltaktionen war. Vorsicht, Vorsicht – das ist mein Grundsatz. Fürs erste müssen wir noch vorsichtig sein. Der Distrikt bleibt uns für eine Weile verschlossen. Bedauerlich! Im ganzen wird der Handel Einbußen erleiden. Ich bestreite nicht, daß eine bemerkenswerte Menge Elfenbein vorhanden ist – meist fossil. Wir müssen es unter allen Umständen retten – doch sehen Sie selbst, wie heikel unsere Lage ist – und warum? Weil die Methoden ungesund sind.‹ ›Nennen Sie das‹, sagte ich und blickte zum Ufer, ›ungesunde Methoden‹? ›Fraglos‹, rief er hitzig. ›Sie nicht?‹ ... ›Überhaupt keine Methode‹, murmelte ich nach einer Weile. ›Genau‹, frohlockte er. ›Ich sah es voraus. Es beweist nur das vollkommene Fehlen jeglichen Urteilsvermögens. Ich erachte es als meine Pflicht, bei der zuständigen Stelle darauf hinzuweisen.‹ ›Oh‹, sagte ich, ›jener Knabe – wie heißt er gleich? – der Ziegelbrenner, wird Ihnen schon einen lesbaren Bericht abfassen.‹ Einen Augenblick schien er verwirrt. Mir kam es vor, als hätte ich noch nie zuvor solch vergiftete Luft geatmet, und ich wandte mich im Geiste um Beistand – ja, um Beistand – an Kurtz. ›Dennoch halte ich Herrn Kurtz für einen erstaunlichen Mann‹, sagte ich mit Nachdruck. Er brauste auf, sah mich kalt und durchdringend an, sagte sehr ruhig: ›Er *war* es‹, und kehrte mir den Rücken. Meine Stunde der Gunst war vorüber; ich sah, daß ich mit Kurtz auf einen Haufen geworfen wurde als Verfechter von Methoden, für die die Zeit nicht reif war: ich war ungesund! Ah! Aber es war schon etwas, wenigstens eine Wahl zwischen Alpträumen treffen zu können.

Eigentlich hatte ich mich der Wildnis zugekehrt, nicht Herrn Kurtz, der, wie ich bereitwillig zugab, so gut wie begraben war. Und einen Augenblick wollte es mir scheinen, als sei ich ebenfalls bereits begraben, in einer riesigen Gruft voller unsäglicher Geheimnisse. Ich spürte einen unerträglichen Druck auf meiner Brust, der Dunst der feuchten Erde, die verborgene Anwesenheit siegreicher Verwesung, die Finsternis einer undurchdringlichen Nacht ... Der Russe klopfte mir auf die Schulter. Ich hörte ihn murmeln, etwas stammeln wie ›Seemannsbruder – kann es nicht verschweigen – weiß um eine Sache, die Herrn Kurtz' Ruf schaden könnte‹. Ich wartete. Für ihn lag Herr Kurtz offensichtlich noch nicht im Grab; ich nehme an, für ihn war Herr Kurtz einer der Unsterblichen. ›Nun‹, sagte ich schließlich; ›sprechen Sie sich ruhig aus. Wie es sich fügt, bin ich Herrn Kurtz' Freund – gewissermaßen.‹

Mit beträchtlichen Umschweifen gab er zu verstehen, er hätte, gehörten wir nicht ›demselben Beruf‹ an, die Sache aus Rücksicht auf die Folgen lieber für sich behalten. Er hatte den Verdacht, daß ›seitens dieser weißen Männer feindselige Absichten gegen ihn bestünden, die ...‹ ›Sie haben recht‹, sagte ich und erinnerte mich einer gewissen Unterhaltung, die ich belauscht hatte. ›Der Direktor ist der Meinung, Sie sollten gehenkt werden.‹ Er legte bei dieser Mitteilung eine Unruhe an den Tag, die mich anfangs belustigte. ›Ich verschwinde besser in aller Stille‹, sagte er ernst. ›Ich kann jetzt doch nichts mehr für Kurtz tun, und sie werden bald genug einen Vorwand gefunden haben. Was kann sie auch hindern? Dreihundert Meilen von hier ist ein Militärposten.‹ ›Nun, auf mein Wort‹, sagte ich, ›vielleicht wäre es besser, Sie gingen, wenn Sie in der Nähe Freunde unter den Wilden haben.‹ ›Eine Menge‹, sagte er. ›Es sind einfache Leute – und ich will nichts von ihnen, wissen Sie.‹ Er stand da und nagte an seinen Lippen, dann fuhr er fort: ›Ich möchte nicht, daß diesen Weißen hier etwas zustößt, aber natürlich dachte ich an Herrn Kurtz' Ruf – doch Sie sind ein Seemannsbruder, und ...‹ ›Schon gut‹, sagte ich nach einer Weile. ›Herrn Kurtz' guter Ruf ist sicher bei mir.‹ Ich wußte nicht, wie sehr ich damit recht hatte.

Mit gesenkter Stimme setzte er mich davon in Kenntnis, daß es Kurtz gewesen, der den Angriff auf den Dampfer anbefohlen habe. ›Zuweilen haßte er den Gedanken daran, daß er einmal fortgeholt werden könnte – und dann wieder ... Doch ich verstehe nichts von diesen Dingen. Ich bin ein schlichter Mann. Er dachte, der Angriff werde Sie verjagen – Sie würden sich geschlagen geben, ihn für tot halten. Ich konnte ihn nicht davon abbringen. Oh, dieser letzte Monat war eine schlimme Zeit für mich.‹ ›Nun gut‹, sagte ich. ›Er ist jetzt versorgt.‹ ›Ja–a–a‹, murmelte er offensichtlich nicht sehr überzeugt. ›Danke‹, sagte ich; › ich werde meine Augen offenhalten.‹ ›Aber in aller Stille – ja?‹ drängte er eifrig. ›Es wäre furchtbar für seinen Ruf, wenn irgend jemand hier ...‹ Ich versprach ihm mit großer Feierlichkeit, absolutes Stillschweigen zu wahren. ›Ich habe ein Kanu mit drei Schwarzen, die nicht weit von hier auf mich warten. Ich verschwinde. Könnten Sie mir einige Martini-Henry-Patronen geben?‹ Ich konnte es und tat es mit der gebotenen Heimlichkeit. Er nahm sich noch eine Handvoll meines Tabaks und zwinkerte mir dabei zu. ›Unter Seeleuten – Sie wissen schon – guter englischer Tabak.‹ An der Tür des Ruderhauses drehte er sich um – ›Meiner Treu, haben Sie nicht ein Paar Schuhe, das Sie entbehren können?‹ Er hob ein Bein. ›Sehen Sie.‹ Die Sohlen waren mit zusammengeknoteten Bindfäden nach Sandalenart unter seine nackten Füße gebunden. Ich kramte ein altes Paar heraus, auf das er mit Bewunderung blickte, ehe er es unter seinen linken Arm schob. Die eine seiner Taschen (knallrot) war prall mit Patronen gefüllt, aus der anderen (blauen) lugte Towsons ›Untersuchung‹. Er schien sich für vorzüglich ausgerüstet zu halten, um es von neuem mit der Wildnis aufzunehmen. ›Ah! Ich werde nie, nie wieder solch einem Mann begegnen. Sie hätten ihn hören sollen, wenn er Gedichte vortrug – noch dazu seine eigenen, wie er mir sagte. Gedichte!‹ Er rollte die Augen in Gedanken an diese Genüsse. ›Oh, er erweiterte meinen Horizont!‹ ›Leben Sie wohl‹, sagte ich. Er schüttelte mir die Hand und verschwand in der Nacht. Manchmal frage ich mich, ob ich ihn wirklich gesehen habe – ob es möglich war, solch einem Phänomen zu begegnen! . . .

Als ich kurz nach Mitternacht erwachte, fiel mir seine Warnung ein, mit ihrer Andeutung von Gefahr – und die schien in der sternenklaren Dunkelheit so real, daß ich aufstand, um einen Rundgang zu machen. Auf dem Hügel brannte ein großes Feuer und beleuchtete mit seinem Flackerschein eine schiefe Ecke des Stationshauses. Einer der Agenten hielt mit einer Abteilung unserer Schwarzen, die zu diesem Zweck bewaffnet worden waren, Wache bei dem Elfenbein; doch tief im Wald bezeichnete ein roter Schein – ein flackernder, zwischen dem Gewirr säulenhafter, tiefschwarzer Schatten vom Boden auflodernder und in sich zusammenfallender Schein – die genaue Position des Lagers, wo die Anbeter des Herrn Kurtz ihre nicht ganz geheuren Vigilien hielten. Das monotone Gehämmer einer großen Trommel erfüllte die Luft mit dumpfen, nachschwingenden Erschütterungen. Ein unentwegter, summender Laut vieler Menschenstimmen, die, jede für sich, eine unheimliche Beschwörungsformel sangen, drang aus der schwarzen Wand der Wälder, wie das Brummen aus einem Bienenstock, und hatte eine sonderbar betäubende Wirkung auf meine halbwachen Sinne. Ich glaube, ich nickte ein, dort an die Reling gelehnt, bis mich ein plötzliches gellendes Geschrei, der überwältigende Ausbruch aufgestauter und rätselhafter Raserei in verdutztem Staunen auffahren ließ. Das Geschrei brach unvermittelt ab, und das tiefe Summen, mit seiner Wirkung eines hörbaren und beruhigenden Schweigens, dauerte fort. Ich warf zufällig einen Blick in die kleine Kabine. Ein Licht brannte darin, doch Herr Kurtz war nicht da.

Vielleicht hätte ich einen Schrei ausgestoßen, wenn ich meinen Augen getraut hätte. Aber anfangs traute ich ihnen wirklich nicht – es schien so unmöglich. Tatsache ist, daß ich vollkommen gelähmt war vor jäher, nackter Angst, vor reinem, begrifflosem Schrecken, der mit keiner klarumrissenen körperlichen Gefahr verbunden war. Was dieses Gefühl so überwältigend machte, war – wie soll ich's nennen –

der moralische Schock, den ich erlitt, als sei etwas ganz und gar Ungeheuerliches, dem Denken Unerträgliches und der Seele Verhaßtes unvermutet über mich hereingebrochen. Das dauerte freilich nur den winzigsten Bruchteil einer Sekunde, und dann stellte sich das gewohnte Gefühl alltäglicher, tödlicher Gefahr, der Gedanke an die Möglichkeit eines plötzlichen Überfalls und Gemetzels oder von etwas Derartigem, dessen Nähe ich deutlich spürte, wirklich sehr willkommen und tröstlich ein. Es beruhigte mich in der Tat so sehr, daß ich keinen Alarm schlug.

An Deck, keine drei Fuß weit von mir entfernt schlief ein Agent, fest in seinen Mantel gewickelt, auf einem Stuhl. Die Schreie hatten ihn nicht geweckt; er schnarchte sehr leise; ich überließ ihn seinem Schlummer und sprang an Land. Ich verriet Herrn Kurtz nicht – mir war aufgetragen worden, ihn um keinen Preis zu verraten – es stand geschrieben, ich solle dem Alp meiner Wahl treu bleiben. Ich war ängstlich bemüht, alleine mit diesem Schatten fertig zu werden –, und bis auf den heutigen Tag weiß ich eigentlich nicht, warum ich so eifersüchtig darauf bedacht war, die eigentümliche Schwärze jener Erfahrung mit niemandem zu teilen.

Sobald ich auf der Uferböschung stand, sah ich eine Spur – eine breite Spur im Gras. Ich erinnere mich noch des Jubels, mit dem ich mir sagte: ›Er kann nicht laufen – er kriecht auf allen vieren –, da bin ich ihm also auf die Schliche gekommen.‹ Das

Gras war taunaß. Ich schritt, mit geballten Fäusten, rasch dahin. Ich glaube, ich malte mir dunkel aus, wie ich über ihn herfallen und ihm eine Tracht Prügel versetzen würde. Ich weiß nicht. Mir spukten irgendwelche blödsinnigen Gedanken durch den Kopf. Die strickende alte Frau mit der Katze wollte mir nicht aus dem Sinn gehen als eine höchst unliebsame Drahtzieherin in solch einer Geschichte. Ich sah eine Reihe Pilger vor mir, die mit ihren Winchester-Flinten von der Hüfte aus Blei in die Luft feuerten. Ich dachte, ich würde nie zum Dampfer zurückfinden, und stellte mir vor, wie ich allein und unbewaffnet bis ins hohe Alter in diesen Wäldern vegetieren würde. Solch närrisches Zeug – wißt ihr. Und ich erinnere mich noch, wie ich das Hämmern der Trommeln mit dem Pochen meines Herzens verwechselte und wie befriedigt ich über dessen ruhige Regelmäßigkeit war.

Indessen folgte ich der Spur – blieb dann stehen, um zu lauschen. Die Nacht war klar; ein dunkelblauer Raum, vom Tau und Sternenlicht durchfunkelt; und schwarze Dinge standen sehr still darinnen. Mir war, als sähe ich eine schattenhafte Bewegung vor mir. Ich war meiner Sache in allen Stücken seltsam sicher in dieser Nacht. Ja, ich verließ tatsächlich die Fährte und rannte in großem Bogen weiter (ich glaube wahrhaftig, ich lachte mir dabei ins Fäustchen), um vor jenes sich regende Etwas, jene Bewegung zu gelangen, die ich dort gesehen – wenn ich überhaupt etwas gesehen hatte. Ich überlistete Kurtz, als handle es sich um ein knabenhaftes Spiel.

Ich fand ihn, und hätte er mich nicht kommen gehört, so wäre ich obendrein noch über ihn gestolpert; doch er war rechtzeitig aufgestanden. Er erhob sich unsicher, lang, blaß, vage, wie ein der Erde entströmender Dampf, und schwankte sacht, nebelhaft und schweigend vor mir, während hinter mir die Lagerfeuer drohend zwischen den Bäumen aufloderten und das Gemurmel vieler Stimmen aus dem Wald hervordrang. Ich hatte ihm geschickt den Weg verlegt; doch als ich ihm dann wirklich gegenüberstand, schien ich zur Besinnung zu kommen und die Gefahr in ihrem ganzen Ausmaß zu erfassen. Sie war noch keineswegs überstanden. Angenommen, er begänne zu schreien? Obwohl er sich kaum auf den Beinen halten konnte, besaß seine Stimme noch erhebliche Kraft. ›Gehen Sie – verbergen Sie sich‹, sagte er in jenem tiefen Ton. Es war sehr bedrohlich. Ich blickte zurück. Das nächste Feuer war keine dreißig Meter entfernt. Eine schwarze Gestalt erhob sich, schritt auf langen schwarzen Beinen umher, schwenkte lange schwarze Arme vor der Glut. Sie hatte Hörner auf dem Kopf – Antilopenhörner, glaube ich. Ein Zauberer, ein Medizinmann, ohne Zweifel: recht wie ein Unhold anzusehen. ›Sind Sie sich im klaren über das, was Sie tun?‹ flüsterte ich. ›Vollkommen‹, antwortete er und erhob für dieses eine Wort seine Stimme: sie klang mir weit entfernt und doch laut im Ohr, wie eine Begrüßung durch ein Sprachrohr. Wenn er Lärm schlägt, sind wir verloren, dachte ich. Dies war offensichtlich nicht der passende Augenblick für einen Faustkampf, zu schweigen von meiner sehr begreiflichen Abneigung, diesen Schatten zu schlagen – dieses schweifende und gemarterte Wesen. ›Sie werden verloren sein‹, sagte ich – ›restlos verloren.‹ Mitunter hat man solche blitzartigen Eingebungen, wißt ihr. Ich sagte das richtige Wort, obschon er nicht unwiederbringlicher hätte verloren sein können als in diesem nämlichen Augenblick, da das Fundament unserer innigen Gemeinschaft gelegt wurde – die dauern sollte – dauern – bis zum Ende – sogar darüber hinaus.

›Ich hatte gewaltige Pläne‹, murmelte er zögernd. ›Ja‹, sagte ich; ›aber sollten Sie zu schreien versuchen, schlage ich Ihnen den Schädel ein mit ...‹ Kein Stock oder Stein lag in der Nähe. ›Drücke ich Ihnen ein für allemal die Gurgel zu‹, verbesserte ich mich. ›Ich stand auf der Schwelle zu Großem‹, verteidigte er sich mit sehnsuchtsvoller Stimme, in der ein wehmütiger Ton mitschwang, der mir das Blut in den Adern gerinnen ließ. ›Und wäre nicht dieser blödsinnige Halunke ... ›Ihr Erfolg in Europa ist Ihnen jedenfalls gewiß‹, versicherte ich ihm ruhig. Ich hatte keine Lust, ihm die Gurgel zuzudrücken, versteht ihr – und das wäre auch nicht von geringstem praktischem Nutzen gewesen. Ich versuchte, den Bann zu brechen – den schweren, stummen Bann der

Wildnis, die ihn durch das Wecken vergessener und brutaler Instinkte, durch die Erinnerung an befriedigte und gräßliche Leidenschaften an ihre erbarmungslose Brust zu ziehen schien. Dies allein, so war ich überzeugt, hatte ihn hinausgetrieben an den Rand des Waldes, in den Busch, zum Feuerglanz, zum Pochen der Trommeln, dem summenden Singsang der unheimlichen Beschwörungsformeln; dies allein hatte seine unbotmäßige Seele über die Schranken erlaubten Trachtens hinausgelockt. Und – seht – das Schreckliche der Situation war nicht, daß man jeden Augenblick gewärtigen mußte, einen Schlag über den Schädel zu bekommen – obwohl ich eine lebhafte Vorstellung auch dieser Gefahr hatte –, sondern daß ich es mit einem Wesen zu tun hatte, an das ich weder im Namen von etwas Hohem noch von etwas Niedrigem appellieren konnte. Wie die Neger mußte ich ihn beschwören – ihn selbst –, seine eigene, überspannte und unglaubliche Verderbtheit. Es gab nichts über, nichts unter ihm, und ich wußte das. Er hatte sich von der Erde losgerissen. Zum Henker mit dem Mann! Er hatte die Erde in Stücke geschlagen. Er war allein, und ich dort vor ihm wußte nicht mehr, ob ich noch fest auf dem Boden stand oder durch die Luft segelte. Ich habe euch berichtet, was wir sagten – die Wendungen wiederholt, die uns über die Lippen kamen –, doch was soll's? Es waren übliche Alltagsworte – die vertrauten vagen Laute, die an jedem wachen Tag des Lebens gewechselt werden. Und was ist das schon? Sie hatten meinem Empfinden nach die ganze erschreckende Vieldeutigkeit von Worten hinter sich, wie man sie in Träumen hört, von Sätzen, die in Alpträumen gesprochen werden. Seele! Wenn je ein Mensch mit einer Seele gerungen hat, dann war ich es. Und dabei hatte ich es nicht einmal mit einem Irrsinnigen zu tun. Ob ihr mir glauben wollt oder nicht, sein Verstand war vollkommen klar – zwar mit fürchterlicher Intensität auf ihn selber gerichtet, aber klar; und hierin lag meine einzige Chance – abgesehen natürlich von der Möglichkeit, ihn auf der Stelle umzubringen, was nicht ratsam gewesen wäre wegen des unvermeidlichen Lärms. Doch seine Seele war wahnsinnig. Allein in der Wildnis, hatte sie in sich hinabgeschaut und war, ja, bei Gott! war wahnsinnig geworden. Ich mußte – vermutlich meiner Sünden wegen – die schwere Prüfung auf mich nehmen und selber in sie hinabschauen. Keine Beredsamkeit hätte zersetzender auf den Menschheitsglauben in einem wirken können als seine am Ende ausbrechende Offenherzigkeit. Obendrein rang er mit sich selbst. Ich sah es – ich hörte es. Ich sah das unvorstellbare Rätsel einer Seele, die keine Hemmung, keinen Glauben und keine Furcht kannte und die doch blind mit sich selbst rang. Ich bewahrte kaltes Blut; als ich ihn aber endlich ausgestreckt auf der Lagerstatt hatte, wischte ich mir über die Stirn, während meine Beine unter mir zitterten, gleichsam als hätte ich eine halbe

Tonne auf dem Buckel den Hügel hinabgetragen. Und doch hatte ich bloß ihn gestützt, sein knochiger Arm hatte sich um meinen Hals geschlungen – und er war nicht schwerer als ein Kind.

Als wir am darauffolgenden Tag zur Mittagsstunde aufbrachen, strömte die Menschenmenge, deren Gegenwart hinter dem Vorhang der Bäume mir die ganze Zeit über durchdringend bewußt geblieben war, abermals aus dem Wald hervor, erfüllte die Lichtung, bedeckte den Hügelabhang mit einer Masse nackter, atmender, bebender, bronzefarbener Leiber. Ich dampfte ein wenig den Fluß hinauf und drehte dann stromabwärts, und zweitausend Augen folgten den Bewegungen des platschenden, stampfenden, wütenden Flußteufels, der mit seinem schrecklichen Schwanz das Wasser aufquirlte und Rauch in die Luft spie. Vor der vordersten Reihe am Flußufer schritten drei von Kopf bis Fuß mit roter Erde beschmierte Männer ruhelos auf und ab. Als wir abermals dicht herankamen, wandten sie sich dem Fluß zu, stampften mit den Füßen auf, nickten mit ihren gehörnten Köpfen und schaukelten ihre scharlachroten Leiber; sie schüttelten einen schwarzen Federpuschel, ein räudiges Fell mit hängendem Schwanz – etwas, das wie ein getrockneter Kürbis aussah; in regelmäßigen Abständen brüllten alle zusammen eine Tirade schauriger Worte, die nichts mehr mit den Lauten menschlicher Sprache gemein hatten; und das tiefe, immer wieder plötzlich abbrechende Murmeln der Menge war wie das Responsorium einer satanischen Liturgie.

Wir hatten Kurtz in das Ruderhaus getragen: es war dort luftiger. Von der Lagerstatt aus starrte er durch den offenen Fensterladen. Ein Wirbel entstand in der Leibermasse, und die Frau mit der helmartigen Frisur und den lohfarbenen Wangen stürzte an den Rand des Wassers. Sie streckte die Hände aus, schrie etwas, und der ganze wilde Troß griff den Ruf in einem brüllenden Chor scharfer, rascher, atemloser Laute auf.

›Verstehen Sie das?‹ fragte ich.

Er blickte unausgesetzt mit feurigen, sehnsüchtigen Augen, mit einem aus Wehmut und Haß gemischten Ausdruck an mir vorüber zum Fenster hinaus. Er antwortete nicht, doch ich sah, wie ein Lächeln, ein vieldeutiges Lächeln, um seine fahlen Lippen spielte, die sich gleich darauf krampfhaft verzerrten. ›Wie sollte ich nicht?‹ sagte er langsam, keuchend, gleichsam als würden die Worte von einer übernatürlichen Macht aus ihm herausgerissen.

Ich zog an der Leine der Dampfpfeife. Ich tat es, weil ich sah, wie die Pilger an Deck ihre Gewehre mit einer Miene hervorholten, als gedächten sie, sich einen Riesenjux zu machen. Bei dem plötzlichen Kreischen lief eine Bewegung tierischer Angst durch die dichtgedrängte Leibermasse. ›Nicht! Nicht! Sie verscheuchen sie ja‹, rief jemand an Deck untröstlich. Ich zog ein ums andere Mal an der Leine. Sie stoben auseinander und rannten, sprangen, krochen davon, sie schlugen Haken, wichen dem fliegenden Schrecken des Pfeifentons aus. Die drei roten Kerle waren am Ufer flach aufs Gesicht gefallen, als wären sie erschossen worden. Nur das barbarische und herrliche Weib verzog keine Miene und streckte tragisch ihre nackten Arme über den dunklen und glitzernden Fluß nach uns aus.

Und dann begann die närrische Schar auf dem Deck unten mit ihrem Späßchen, und ich konnte nichts mehr sehen vor Rauch.

Der braune Strom floß geschwind aus dem Herzen der Finsternis und trug uns doppelt so schnell, wie wir hinaufgefahren, meerwärts davon; und Kurtzens Leben floß ebenfalls geschwind dahin, verebbte – verebbte aus seinem Herzen in das Meer der unerbittlichen Zeit. Der Direktor war sehr milde; er fürchtete jetzt nicht mehr um sein Leben, er betrachtete uns beide mit einem verständnisinnigen und befriedigten Blick: die ›Geschichte‹ war denkbar günstig abgelaufen. Ich sah die Zeit näherrücken, da ich als einziger aus der Gefolgschaft der ›ungesunden Methoden‹ übrigbleiben würde. Die Pilger betrachteten mich mit Mißgunst. Ich wurde sozusagen unter die Toten gerechnet. Merkwürdig, wie gelassen ich diese unerwartete Partnerschaft hinnahm, nach jener Wahl zwischen Traumgespenstern, die mir dort in dem finsteren, von niederträchtigen und gierigen Phantomen heimgesuchten Land aufgezwungen worden war.

Kurtz sprach. Eine Stimme! Eine Stimme! Bis zuletzt tönte sie tief. Sie überdauerte seine Stärke, um in den üppigen Falten seiner Beredsamkeit die wüste Finsternis seines Herzens zu verbergen. Oh, er rang! Er rang! Die Einöde seines müden Hirns wurde jetzt von schattenhaften Bildern heimgesucht – Bildern des Reichtums und Ruhms, die sich willfährig um seine unerschöpfliche Gabe edlen und erhabenen Ausdrucks woben. Meine Zukünftige, meine Station, meine Laufbahn, meine Ideen – dies waren die Gegenstände seiner gelegentlichen Äußerungen hochgemuten Gefühls. Der Schatten des ursprünglichen Kurtz trat häufig an das Bett des hohlen Scharlatans, dessen Schicksal es war, alsbald in einem Haufen jungfräulicher Erde begraben zu werden. Doch die teuflische Liebe zu den Geheimnissen, die er durchdrungen, und der unirdische Haß auf sie kämpften miteinander um den Besitz dieser Seele, die von primitiven Gefühlen gesättigt und begierig nach dem lügenhaften Ruhm, nach eitler Auszeichnung, nach allen Ausgeburten des Erfolges und der Macht war.

Manchmal war er nichtswürdig kindisch. Er wünschte sich, daß Könige ihn an den Eisenbahnstationen empfangen würden bei seiner Rückkehr aus dem grausigen Nichts, wo er große Dinge zu vollbringen gedacht hatte. ›Sie müssen denen nur zeigen, daß Sie etwas in sich haben, das wirklich einträglich ist, und Ihren Fähigkeiten wird grenzenlose Hochachtung zuteil‹, sagte er dann. ›Natürlich müssen Sie auf die Motive bedacht sein – die rechten Motive – immer.‹ Die langen, geraden Flußstrecken, die sämtlich wie ein und dieselbe Flußstrecke wirkten, die eintönigen Biegungen, die alle gleich aussahen, glitten am Dampfer vorüber, mit ihren Massen jahrhundertealter Bäume, die diesem rußverschmierten Bruchstück einer anderen Welt, diesem Vorboten des Wandels, der Eroberung, des Handels, der Gemetzel, der Segnungen geduldig nachschauten. Ich blickte voraus – und steuerte. ›Schließen Sie den Fensterladen‹, sagte Kurtz eines Tages plötzlich; ›ich kann den Anblick von all dem nicht mehr ertragen.‹ Ich tat es. Es folgte ein Schweigen. ›Oh, ich werde dir noch Schmerzen zufügen!‹ rief er der unsichtbaren Wildnis zu.

Wir hatten – wie erwartet – Maschinenschaden und mußten wegen Reparaturarbeiten das Schiff vor dem Ende einer Insel auflegen. Dieser Aufenthalt war das erste, was Kurtzens Selbstvertrauen einen Stoß versetzte. Eines Morgens übergab er mir einen Packen Papiere und eine Photographie – alles mit Schuhbändern verschnürt. ›Verwahren Sie das für mich‹, sagte er. ›Diesem schändlichen Narren‹ (er meinte den Direktor) ›ist zuzutrauen, daß er meine Kisten durchstöbert, wenn ich gerade wegsehe.‹ Am Nachmittag schaute ich nach ihm. Er lag auf dem

Rücken, die Augen geschlossen, und ich zog mich leise zurück, doch ich hörte ihn murmeln: ›Lebe rechtschaffen, stirb, stirb . . .‹ Ich horchte. Es kam nichts mehr. Probte er im Schlaf eine Ansprache, oder war es das Bruchstück eines Satzes aus einem Zeitungsartikel? Er hatte für Zeitungen geschrieben und daran gedacht, dies wieder zu tun ›zur Förderung meiner Ideen. Es ist meine Pflicht.‹

Er war ein undurchdringliches Dunkel. Ich sah ihn an, wie man auf einen Mann hinabspäht, der in den Tiefen einer Schlucht liegt, in die niemals ein Sonnenstrahl dringt. Doch ich konnte ihm nicht viel Zeit widmen, weil ich dem Maschinisten helfen mußte, die lecken Zylinder auseinanderzunehmen, eine krumme Pleuelstange geradezubiegen und was derlei Dinge mehr waren. Ich lebte in einem höllischen Wust von rostigem Eisen, Feilspänen, Muttern, Bolzen, Schraubenschlüsseln, Hämmern, Drillbohrern – Dingen, die ich verabscheue, weil ich mit ihnen nicht zu Streich komme. Ich versorgte die kleine Feldschmiede, die wir zum Glück an Bord hatten; ich rackerte mich in einem Schrotthaufen ab – bis mir der Schüttelfrost so zusetzte, daß ich mich nicht mehr auf den Beinen halten konnte.

Eines Abends, als ich mit einer Kerze hereinkam, war ich überrascht, ihn ein wenig zittrig sagen zu hören: ›Ich liege hier im Finstern und warte auf den Tod.‹ Das Licht stand keinen Fuß weit von seinen Augen entfernt. Ich zwang mich zu murmeln: ›Ach,

Unsinn!‹ und stand, wie gebannt, über ihn gebeugt. Nie habe ich etwas gesehen, das dem Wandel, der mit seinen Gesichtszügen vor sich ging, gleichgekommen wäre, und ich hoffe, nie wieder so etwas sehen zu müssen. Oh, ich war nicht gerührt. Ich war fasziniert. Es war, als zerrisse ein Schleier. Ich sah auf diesem Elfenbeingesicht den Ausdruck düsteren Stolzes, unbarmherziger Gewalt, feigen Entsetzens – durchdringender und hoffnungsloser Verzweiflung. Durchlebte er sein Leben noch einmal in allen Einzelheiten der Begierde, Versuchung und Hingabe während jenes höchsten Augenblickes erfüllten Wissens? Flüsternd schrie er einem Bild, einer Vision zu – zweimal schrie er, ein Schrei, der nicht mehr war als ein Hauch: ›Das Grauen! Das Grauen!‹

Ich blies die Kerze aus und verließ die Kabine. Die Pilger aßen in der Messe zu Abend, und ich setzte mich auf meinen Platz dem Direktor gegenüber, der die Augen hob, um mir einen fragenden Blick zuzuwerfen, dem ich aber mit Erfolg auswich. Er lehnte sich zurück, gelassen, mit jenem besonderen Lächeln, das die ungelüfteten Tiefen seiner Gemeinheit versiegelte. Ein beständiger Regen kleiner Fliegen prasselte auf die Lampe, auf das Tischtuch, auf unsere Hände und Gesichter. Plötzlich streckte der Boy des Direktors seinen dreisten schwarzen Kopf zur Tür herein und sagte im Ton schneidender Verachtung:

›Mistah Kurtz – er tot.‹

Alle Pilger stürmten hinaus, um nachzuschauen. Ich blieb sitzen und fuhr mit dem Essen fort. Ich nehme an, daß man mich für barbarisch gefühllos hielt. Freilich aß ich nicht viel. In dem Raum war eine Lampe – Licht, wißt ihr –, und draußen war es so scheußlich, scheußlich finster. Ich ging nicht mehr in die Nähe des erstaunlichen Mannes, der ein Urteil über die Abenteuer seiner Seele auf dieser Erde gefällt hatte. Die Stimme war dahin. Was war sonst dagewesen? Aber ich bin mir natürlich bewußt, daß die Pilger am nächsten Tag etwas in einem schlammigen Loch begruben.

Und dann begruben sie beinahe auch mich.

Wie ihr jedoch seht, hatte ich keine Lust, Kurtz nachzufolgen. Ich folgte ihm auch nicht. Ich blieb, um den Alptraum auszuträumen und um noch einmal meine Treue gegen Kurtz zu bewähren. Schicksal. Mein Schicksal! Ein drolliges Ding, das Leben – dieser rätselhafte Aufwand erbarmungsloser Logik zu einem so nichtigen Zweck. Das äußerste, was man sich von ihm erhoffen darf, ist ein wenig Selbsterkenntnis – die zu spät kommt –, eine Ernte unauslöschlicher Reue. Ich habe hart mit dem Tod gerungen. Man kann sich keinen weniger spannenden Zweikampf denken. Er findet statt in einem unfaßbaren Grau, ohne festen Stand, ohne irgend etwas, ohne Zuschauer, ohne Geschrei, ohne Ruhm, ohne das große Siegesverlangen, ohne die große Furcht vor der Niederlage – findet statt in einer eklen

Atmosphäre schalen Zweifels, ohne viel Glauben an das Recht auf der eigenen Seite, zu schweigen von dem an das Recht des Gegners. Wenn dies der Wahrheit letzter Schluß ist, dann ist das Leben ein größeres Rätsel, als es die meisten von uns sich vorstellen. Um ein Haar wäre ich in die Lage gekommen, eine letzte Äußerung zu tun, und ich mußte zu meiner Beschämung entdecken, daß ich wahrscheinlich nichts zu sagen gehabt hätte. Dies ist der Grund, weshalb ich behaupte, Kurtz sei ein bemerkenswerter Mann gewesen. Er hatte etwas zu sagen. Er sagte es. Da ich selber über die Grenzlinie gespäht, verstehe ich die Bedeutung seines Blickes besser, der die Kerzenflamme nicht mehr sah, doch groß genug war, das ganze Universum zu umfassen, eindringlich genug, all die Herzen zu durchschauen, die da im Finstern schlagen. Er hatte die Summe gezogen – er hatte das Urteil gefällt. ›Das Grauen!‹ Er war ein bemerkenswerter Mensch. Schließlich war dies der Ausdruck einer Art von Glauben, der aufrichtig war, Überzeugungskraft besaß, dessen Geflüster von Empörung durchzittert wurde, der das abstoßende Antlitz einer flüchtig erblickten Wahrheit trug – das seltsame Gemisch aus Gier und Haß. Nicht meine äußerste Not ist es, deren ich mich am deutlichsten erinnere – diese Vision eines Grau in Grau ohne Konturen, erfüllt von physischer Pein, diese gleichgültige Verachtung, die man gegen die Vergänglichkeit aller Dinge – sogar dieser Pein – hegt. Nein! Seine äußerste Not ist es, die ich durchlebt zu haben scheine. Freilich, er hatte jenen letzten Schritt getan, war über die Schwelle getreten, während mir verstattet war, meinen zaudernden Fuß zurückzuziehen. Und vielleicht liegt hierin der ganze Unterschied; vielleicht sind alle Weisheit und alle Wahrheit und alle Aufrichtigkeit gerade in diesem unfaßlichen Moment zusammengedrängt, in welchem wir über die Schwelle des Unsichtbaren treten. Vielleicht! Ich kann bloß hoffen, die Summe, die ich gezogen hätte, wäre nicht ein Wort gleichgültiger Verachtung gewesen. Besser noch sein Ausruf – viel besser. Er war eine Bejahung, ein moralischer Sieg, der durch unzählige Niederlagen, durch abscheuliche Schrecken, durch abscheuliche Befriedigungen erkauft worden war. Doch es war ein Sieg! Das ist es, weshalb ich Kurtz bis zum letzten die Treue hielt und sogar darüber hinaus, als ich viel später noch einmal – nicht seine eigene Stimme –, sondern das Echo seiner großartigen Beredsamkeit hörte, die von einer Seele auf mich zurückgeworfen wurde, welche so durchscheinend war wie ein Kristall.

Nein, sie begruben mich nicht, obwohl es da eine Zeitspanne gibt, deren ich mich nur nebelhaft erinnere, mit schaudernder Verwunderung, wie der Durchquerung einer unfaßlichen Welt, in der es keine Hoffnung gab und kein Verlangen. Ich fand mich plötzlich in der gruftartigen Stadt wieder, und mich schmerzte der Anblick der Leute, die durch die

Straßen eilten, um einander ein wenig Geld abzuluchsen, um ihr elendes Geköch hinunterzuschlingen, um ihr ungesundes Bier zu trinken, um ihre sinnlosen und närrischen Träume zu träumen. Sie nahmen meine Gedanken über Gebühr in Anspruch. Sie waren Eindringlinge, deren Lebensweisheit mir wie eine ärgerliche Anmaßung vorkam, weil ich so sicher war, sie könnten unmöglich die Dinge wissen, die ich wußte. Ihr Betragen, das einfach das Betragen gewöhnlicher Individuen war, die ihren Geschäften in der Überzeugung vollkommener Sicherheit nachgehen, war mir widerwärtig wie die empörenden Faxen zügelloser Torheit angesichts einer Gefahr, die solche Torheit zu begreifen unfähig ist. Ich hatte keine große Lust, sie aufzuklären, doch ich hatte einige Mühe, mich zu beherrschen und ihnen nicht ins Gesicht zu lachen, das so voll alberner Wichtigtuerei war. Allerdings war ich zu jener Zeit nicht recht wohl. Ich torkelte durch die Straßen – es galt, verschiedenes zu erledigen –, und ich grinste vollkommen ehrbaren Leuten sarkastisch ins Gesicht. Ich gebe zu, mein Benehmen war unentschuldbar, aber andererseits war auch meine Temperatur damals selten normal. Die Bestrebungen meiner lieben Tante, ›mich wieder zu Kräften zu bringen‹, schienen vollkommen verfehlt zu sein. Nicht meine Kräfte bedurften der Auffrischung, meine Einbildung war es, die der Beruhigung bedurfte. Ich bewahrte das Bündel Papiere, das Kurtz mir übergeben hatte, ohne genau zu wissen, was ich damit anfangen sollte. Seine Mutter war kürzlich gestorben, betreut, wie mir gesagt wurde, von seiner Zukünftigen. Ein glattrasierter Mann mit einer amtlichen Miene und goldgeränderter Brille sprach eines Tages bei mir vor und fragte mich, versteckt zunächst und später höflich drängend, über das aus, was er gewisse ›Dokumente‹ zu nennen beliebte. Ich war verdutzt, weil ich mit dem Direktor dort draußen bereits zweimal wegen derselben Sache heftig Streit bekommen hatte. Ich hatte mich geweigert, auch nur den winzigsten Fetzen aus jenem Packen herauszugeben, und ich nahm dem bebrillten Mann gegenüber dieselbe Haltung ein. Er setzte schließlich eine finster drohende Miene auf und erklärte sehr hitzig, die Gesellschaft habe ein Recht auf jegliche Information über ihr ›Territorium‹. Und er sagte auch noch: ›Die Kenntnisse des Herrn Kurtz über unerforschte Gebiete müssen notwendigerweise umfassend und eigenartig gewesen sein – dank seinen großen Fähigkeiten und den beklagenswerten Situationen, in die er versetzt wurde: deshalb . . .‹ Ich versicherte ihm, die Kenntnisse des Herrn Kurtz, wie umfassend sie auch gewesen sein mochten, hätten keinen Bezug auf die Probleme des Handels und der Verwaltung. Er führte sodann den Anspruch der Wissenschaft ins Feld. ›Es wäre ein unabsehbarer Verlust, wenn‹, etc., etc. Ich bot ihm den Bericht über die ›Unterdrückung primitiver Bräuche‹ an, von dem ich das

Postskript abgerissen hatte. Er nahm ihn begierig entgegen, rümpfte jedoch, nachdem er ihn gelesen, verächtlich die Nase. ›Dies ist nicht das, was wir uns zu erhoffen berechtigt fühlten‹, bemerkte er. ›Erhoffen Sie nichts sonst‹, sagte ich. ›Es sind nur Privatbriefe erhalten.‹ Er zog sich unter Androhung gerichtlicher Untersuchungen zurück, und ich begegnete ihm nie wieder; doch ein anderer Kerl, der sich für Kurtzens Vetter ausgab, besuchte mich zwei Tage später und war begierig, Einzelheiten über die letzten Augenblicke seines lieben Verwandten zu erfahren. Bei Gelegenheit gab er zu verstehen, daß Kurtz im Grunde ein großer Musiker gewesen sei. ›Er hatte das Zeug zu etwas Gewaltigem‹, sagte der Mann, der, glaube ich, Organist war, mit glattem, grauem Haar, das über einen speckigen Kragen floß. Ich hatte keinen Anlaß, seine Behauptung in Frage zu stellen; und bis auf den heutigen Tag vermag ich nicht zu sagen, was Kurtzens Beruf eigentlich war, ob er überhaupt einen hatte – welches das größte seiner Talente war. Ich hatte ihn für einen Maler gehalten, der nebenher für die Zeitungen schrieb, oder auch für einen Journalisten, der malte – doch sogar sein Vetter (der während unserer Unterhaltung Tabak schnupfte) konnte mir nicht sagen, was er eigentlich war – genau war. Er war ein Universalgenie – in diesem Punkt gab ich dem alten Knaben recht, der sich daraufhin geräuschvoll in ein großes Baumwolltaschentuch schneuzte und in greisenhafter

Aufregung zurückzog. Er nahm einige belanglose Familienbriefe und Denkschriften mit. Schließlich tauchte ein Journalist auf, begierig, etwas über das Geschick seines ›lieben Kollegen‹ zu erfahren. Dieser Besucher erklärte mir, der Kurtz angemessene Wirkungsbereich sei die Politik gewesen, ›ihre volkstümlichere Seite‹. Er hatte buschige, gerade Augenbrauen, borstiges, kurzgeschnittenes Haar, ein Augenglas an einem breiten Band, und als er leutselig zu werden begann, gestand er mir, seiner Meinung nach habe Kurtz eigentlich nicht im geringsten zu schreiben verstanden – ›doch, Himmel! wie dieser Mann reden konnte! Er riß große Versammlungen mit sich fort. Er war erfüllt von Glauben – verstehen Sie? – erfüllt von Glauben. Er brachte es fertig, an alles zu glauben – alles. Er hätte einen glänzenden Führer einer extremistischen Partei abgegeben.‹ ›Welcher Partei?‹ fragte ich. ›Jeder beliebigen Partei‹, antwortete der andere. ›Er war ein – ein – Extremist.‹ Ob ich nicht dieser Ansicht sei? Ich bejahte. Ob ich wisse, fragte er, mit plötzlich erwachender Neugier, ›was ihn wohl bewogen habe, dort hinaus zu gehen?‹ ›Ja‹, sagte ich und händigte ihm unverzüglich jenen berühmten Bericht aus, damit er ihn zur Veröffentlichung bringe, wenn er ihn dafür geeignet hielte. Er überflog ihn hastig, murmelte dabei unentwegt vor sich hin, meinte, ›es werde angehen‹, und trollte sich mit diesem Plunder.

So behielt ich schließlich nur noch ein schmales

Paket Briefe und das Bildnis des Mädchens. Sie kam mir wunderschön vor – ich meine, sie hatte einen wunderschönen Ausdruck. Ich weiß, daß auch das Sonnenlicht dazu gebracht werden kann zu lügen, doch man hatte das Gefühl, daß keine Manipulation von Licht und Pose jenen zarten Hauch der Wahrhaftigkeit auf diesen Zügen hätte hervorbringen können. Sie schien bereit, einem ohne geistige Vorbehalte, ohne Argwohn, ohne einen Gedanken an sich selbst zuzuhören. Ich beschloß, zu ihr zu gehen und ihr eigenhändig das Bildnis und jene Briefe zurückzugeben. Neugierde? Ja; und vielleicht noch ein anderes Gefühl. Alles, was Kurtz gewesen, war meinen Händen entglitten: seine Seele, sein Leib, seine Handelsstation, seine Pläne, sein Elfenbein, seine Laufbahn. Es blieben nur seine Erinnerung und seine Zukünftige – und auch diese wollte ich in gewisser Weise der Vergangenheit ausliefern –, wollte alles, was mir von ihm geblieben war, persönlich jenem Vergessen überantworten, das unser aller Los ist. Ich verteidige mich nicht. Ich hatte keine klare Vorstellung von dem, was ich wirklich wollte. Vielleicht war es der Impuls einer unbewußten Treue oder die Auswirkung eines ironischen Zwanges, der hinter den Gegebenheiten des menschlichen Daseins lauert. Ich weiß es nicht. Ich kann es nicht sagen. Doch ich ging hin.

Ich dachte, die Erinnerung an ihn sei wie die anderen Erinnerungen an Tote, die sich in eines jeden

Menschen Leben häufen – der leichte Abdruck, den ein Schatten bei seinem eiligen und endgültigen Dahingehen auf unserem Hirn hinterläßt; doch vor der hohen und wuchtigen Tür, zwischen den großen Häusern einer Straße, die still und schicklich war wie eine gepflegte Friedhofsallee, kam er mir wieder in den Sinn, wie er damals auf der Bahre lag und seinen Mund gierig aufriß, als wollte er die ganze Welt samt ihrer Menschheit verschlingen. Damals hatte ich ihn lebendig vor mir gesehen; so lebendig, wie er nur je gewesen – ein Schatten, der unersättlich nach äußerem Prunk, nach furchtbarer Wirklichkeit lechzte; ein Schatten finsterer als der Schatten der Nacht und vornehm in die Falten einer glänzenden Beredsamkeit gehüllt. Die Vision schien mit mir das Haus zu betreten – die Bahre, die gespensterhaften Träger, die wilde Menge gehorsamer Anbeter, die Düsternis der Wälder, das Glitzern des Flusses zwischen den dunklen Biegungen, das Pochen der Trommeln, regelmäßig und gedämpft wie das Pochen eines Herzens – des Herzens einer siegreichen Finsternis. Es war ein Augenblick des Triumphes für die Wildnis, ein rächender Überfall, den ich, wir mir schien, zum Heil einer anderen Seele allein zurückdämmen mußte. Und das, was ich ihn weit dort draußen hatte sagen hören, während die gehörnten Gestalten in meinem Rücken sich zu rühren begannen vor der Feuersglut, in geduldigen Wäldern – jene abgerissenen Sätze fielen mir wieder ein, wurden abermals in ihrer unheilvollen und erschreckenden Schlichtheit vernommen. Ich erinnerte mich seines schändlichen Flehens, seiner schändlichen Drohungen, des gewaltigen Ausmaßes seines elendigen Gelüsts, der Gemeinheit, der Qual, des wilden Zorns seiner Seele. Und später schien ich seine gelassene, erschöpfte Miene zu sehen, als er eines Tages sagte: ›Dieser Stapel Elfenbein gehört jetzt eigentlich mir. Die Handelsgesellschaft hat nichts dafür getan. Ich sammelte es unter Einsatz meines Lebens. Doch ich fürchte, sie werden es dennoch als ihr Eigentum beanspruchen. Hm. Es ist ein schwieriger Fall. Was soll ich Ihrer Meinung nach tun – Einspruch erheben? Ja? Ich verlange nichts als Gerechtigkeit‹ ... Er verlangte nichts als Gerechtigkeit – nichts als Gerechtigkeit. Ich läutete an einer Mahagonitür auf der ersten Etage, und während ich wartete, schien er mir aus dem gläsern schimmernden Panel entgegenzustarren – mir entgegenzustarren mit jenem weiten und ungeheuren Blick der das ganze Universum umfaßte, verdammte und verschmähte. Mir war, als hörte ich den geflüsterten Schrei: ›Das Grauen! Das Grauen!‹

Die Dämmerung brach herein. Ich mußte in einem hohen Salon mit drei langen Fenstern warten, die vom Boden bis zur Zimmerdecke reichten und die wie drei leuchtende, drapierte Säulen wirkten. Die geschwungenen, vergoldeten Beine und Lehnen der Möbel schimmerten in unbestimmten Kurven. Der aufragende Marmorkamin war von einem kalten und grabmalhaften Weiß. In der einen Ecke stand wuchtig ein Flügel; die spiegelnde Oberfläche schimmerte dunkel wie ein düsterer und polierter Sarkophag. Eine hohe Tür öffnete sich – schloß sich wieder. Ich stand auf.

Sie trat ein – ganz in Schwarz, mit einem blassen Gesicht – und schwebte in der Dämmerung auf mich zu. Sie trug Trauer. Mehr als ein Jahr war verstrichen seit seinem Tod, mehr als ein Jahr, seit die Nachricht eingetroffen war; sie machte den Eindruck, als wolle sie in alle Zukunft seiner gedenken und um ihn trauern. Sie ergriff meine beiden Hände und murmelte: ›Man hat mir ausgerichtet, Sie würden kommen.‹ Ich bemerkte, daß sie nicht eigentlich jung war – ich meine, nicht jungmädchenhaft. Sie besaß eine reife Befähigung zur Treue, zum Glauben, zum Leiden. Das Zimmer schien dunkler geworden zu sein, so als hätte das ganze traurige Licht des wolkenverhangenen Abends auf ihrer Stirn Zuflucht genommen. Dieses blonde Haar, dieses blasse Antlitz, diese klaren Brauen schienen umgeben von einem äschernen Schein, aus dem heraus sich ihre dunklen Augen auf mich richteten. Ihr Blick war arglos, abgründig, vertrauensvoll und aufrichtig. Sie trug ihr kummervolles Haupt, als sei sie stolz auf diesen Kummer, als wolle sie sagen: ich – ich allein weiß, um ihn zu trauern, so wie es ihm gebührt. Doch während wir uns noch die Hände reichten, trat ein Blick so entsetzlicher Trostlosigkeit in ihr Gesicht, daß mir aufging, sie sei eines jener Geschöpfe, die nicht ein Spielball der Zeiten sind. Für sie war er erst gestern gestorben. Und, Himmel, ja! Der Eindruck war so machtvoll, daß er auch für mich erst gestern gestorben zu sein schien – nein, erst in dieser Minute. Sie und ihn sah ich in einem und demselben Augenblick – seinen Tod und ihren Kummer –, ich sah ihren Kummer im Augenblick seines Todes. Versteht ihr das? Ich sah die beiden zusammen – ich hörte die beiden zusammen. Sie hatte schwer atmend gesagt: ›Ich bin übriggeblieben‹, während meine wachen Ohren, vermischt mit dem Klang ihrer verzweiflungsvollen Trauer, das abschließende Flüstern seiner ewigen Verdammung zu hören glaubten. Ich fragte mich, was ich dort eigentlich suchte, und verspürte eine panische Angst im Herzen, so als sei ich da an einen Ort geraten, wo greuliche und aberwitzige Mysterien abgehalten werden, die nicht für menschliche Augen bestimmt sind. Sie führte mich zu einem Stuhl. Wir setzten uns. Ich legte sanft das Paket auf den kleinen Tisch, und sie ließ ihre Hand darauf ruhen ... ›Sie kannten ihn gut‹, murmelte sie nach einem Augenblick trauervollen Schweigens.

›Die Vertrautheit wächst schnell dort draußen‹, sagte ich. ›Ich kannte ihn so gut, wie ein Mann einen anderen zu kennen vermag.‹

›Und Sie bewunderten ihn‹, sagte sie. ›Es war unmöglich, ihn zu kennen und ihn nicht zugleich auch zu bewundern. Nicht wahr?‹

›Er war ein erstaunlicher Mann‹, sagte ich unsicher. Dann fuhr ich unter der flehenden Starrheit ihres an meinen Lippen hängenden Blickes fort: ›Es war unmöglich, ihn nicht zu . . .‹

›Zu lieben‹, beendete sie eifrig den Satz und ließ mich erschrocken verstummen. ›Wie wahr! Wie wahr! Doch wenn Sie bedenken, daß niemand ihn so gut kannte wie ich! Ich besaß sein edles Vertrauen in vollem Ausmaß. Ich kannte ihn am besten!‹

›Sie kannten ihn am besten‹, wiederholte ich. Und vielleicht war dem wirklich so. Doch mit jedem gesprochenen Wort wurde es dunkler im Zimmer, und nur ihre Stirn blieb – glatt und weiß – erleuchtet von dem unauslöschlichen Licht des Glaubens und der Liebe.

›Sie waren sein Freund‹, fuhr sie fort. ›Sein Freund‹, wiederholte sie ein wenig lauter. ›Sie müssen es gewesen sein, wenn er Ihnen das hier gab und Sie zu mir sandte. Ich habe das Gefühl, ich dürfe zu Ihnen sprechen – – und, oh! Ich muß sprechen. Sie sollen wissen – Sie, der Sie seine letzten Worte gehört haben –, daß ich seiner wert war . . . Es ist nicht Stolz . . . Ja! Ich bin stolz zu wissen, daß ich ihn besser verstand als jeder andere auf dieser Welt – – er selbst hat es gesagt. Und seit seine Mutter tot ist, habe ich keinen Menschen mehr – niemanden, dem ich – dem ich . . .‹

Ich lauschte. Die Dunkelheit verdichtete sich. Ich war mir nicht einmal sicher, ob er mir das richtige

Bündel gegeben hatte. Ich hatte den Verdacht, er habe mir eigentlich einen anderen Stoß seiner Papiere anvertrauen wollen, der, wie ich bemerkte, nach seinem Tod vom Direktor unter einer Lampe durchgesehen wurde. Und sie redete weiter und fand Linderung für ihren Schmerz in der Gewißheit meines Mitgefühls; sie redete, so wie durstige Menschen trinken. Ich hatte vernommen, ihr Verlöbnis mit Kurtz sei von ihren Verwandten nicht gebilligt worden. Er sei nicht reich genug gewesen, oder sonst etwas. Und wirklich weiß ich nicht, ob er nicht Zeit seines Lebens ein armer Schlucker war. Er hatte mir Grund zu der Annahme gegeben, es sei der Verdruß über seine beträchtliche Armut gewesen, der ihn dort hinaus trieb.

›... Wer wäre nicht sein Freund geworden, der ihn einmal reden hörte?‹ sagte sie. ›Er zog die Menschen mit dem, was ihr Bestes war, an sich.‹ Sie sah mich eindringlich an. ›Es ist die Gabe der Großen‹, fuhr sie fort, und der Klang ihrer leisen Stimme schien von jenen anderen Klängen begleitet zu sein, den von Geheimnis, Verzweiflung und Trauer erfüllten Klängen, die ich gehört hatte – dem Murmeln des Flusses, dem Sausen der im Winde sich biegenden Bäume, dem Summen der Menschenmassen, dem schwachen Hall unverständlicher, aus der Ferne gerufener Worte, dem Wispern einer Stimme, die über die Schwelle einer ewigen Finsternis hinwegspricht. ›Doch Sie haben ihn gehört! Sie wissen es!‹ rief sie.

›Ja, ich weiß es‹, sagte ich mit einer gewissen Mutlosigkeit im Herzen, doch verneigte ich mich vor dem Glauben, der in ihr wohnte, vor jenem großen und rettenden Wahn, der mit einer unirdischen Glut in die Finsternis leuchtete, in die triumphierende Finsternis, vor der ich sie nicht schützen konnte – vor der ich nicht einmal mich selber schützen konnte.

›Welch ein Verlust für mich – für uns!‹ – verbesserte sie sich mit edler Großmut; dann fügte sie murmelnd hinzu: ›Für die Welt.‹ Im letzten Schimmer des Zwielichts konnte ich den Glanz ihrer Augen sehen, die voller Tränen standen – Tränen, die nicht fallen wollten.

›Ich bin sehr glücklich gewesen – selig – stolz‹, fuhr sie fort. ›Zu selig. Zu glücklich – für eine kurze Weile. Und nun bin ich unglücklich – fürs Leben.‹

Sie stand auf; ihr blondes Haar schien alles verbliebene Licht in einem Goldfunken aufzufangen. Ich stand ebenfalls auf.

›Und von all dem‹, fuhr sie traurig fort, ›von all dem Vielversprechenden in ihm und all seiner Größe, seinem edelmütigen Sinn, seiner Hochherzigkeit bleibt nichts zurück – nichts als eine Erinnerung. Sie und ich . . .‹

›Wir werden stets seiner gedenken‹, sagte ich hastig.

›Nein!‹ rief sie. ›Es kann nicht sein, daß all das verloren sein soll – daß solch ein Leben hingeopfert sein soll, ohne etwas anderes zu hinterlassen – als Kummer. Sie wissen, was für gewaltige Pläne er hatte. Auch ich wußte darum – vielleicht verstand ich sie nicht –, doch andere kannten sie. Etwas muß zurückbleiben. Seine Worte wenigstens sind nicht gestorben.‹

›Seine Worte werden bleiben‹, sagte ich.

›Und sein Beispiel‹, flüsterte sie. ›Die Menschen blickten zu ihm auf – seine Güte leuchtete aus jeder Handlung. Sein Beispiel ...‹

›Richtig‹, sagte ich; ›auch sein Beispiel. Ja, sein Beispiel. Das vergaß ich.‹

›Aber ich nicht. Ich kann nicht – ich kann es nicht glauben – noch nicht. Ich kann nicht glauben, daß ich ihn nie wiedersehen werde, daß niemand je ihn wiedersehen wird, nie, nie, nie.‹

Sie streckte ihre Arme wie nach einer entfliehenden Gestalt aus, streckte sie schwarz und mit verkrampften blassen Händen über den schmalen, erlöschenden Lichtstreifen des Fensters aus. Ihn nie mehr sehen! Ich sah ihn deutlich genug. Ich werde dieses beredte Gespenst, solange ich lebe, vor mir sehen, und ich werde auch sie sehen, einen tragischen und vertrauten Schatten, der in dieser Gebärde einem anderen Schatten gleicht – tragisch auch er und mit machtlosen Amuletten behängt –, der seine nackten, braunen Arme über das Geglitzer des höllischen Stromes streckt, des Stromes der Finsternis. Sie sagte plötzlich sehr leise: ›Er starb, wie er lebte.‹

›Sein Ende‹, sagte ich, und dumpfer Zorn stieg in mir auf, ›war seines Lebens in jeder Weise würdig.‹

›Und ich war nicht bei ihm‹, murmelte sie. Mein Zorn wich einem Gefühl unendlichen Mitleids.

›Alles, was Menschen möglich war . . .‹, murmelte ich.

›Ah, aber ich glaubte fester an ihn als irgend jemand sonst – fester als seine Mutter, fester als – er selbst. Er brauchte mich! Mich! Ich hätte jeden Seufzer bewahrt, jedes Wort, jedes Zeichen, jeden Blick.‹

Ich spürte, wie ein Eisesschauer meine Brust umschloß. ›Nicht das‹, sagte ich tonlos.

›Verzeihen Sie mir. Ich – ich habe so lange schweigend getrauert – schweigend . . . Sie waren bei ihm – bis zuletzt? Ich denke an seine Verlassenheit. Niemand ihm nah, der ihn verstand, wie ich ihn verstanden hätte. Vielleicht niemand, der vernahm . . .‹

›Bis zu allerletzt‹, sagte ich zittrig. ›Ich vernahm seine allerletzten Worte . . .‹ Ich hielt erschrocken inne.

›Wiederholen Sie sie mir‹, murmelte sie mit schmerzensvoller Stimme. ›Ich möchte – ich möchte – etwas – etwas, womit – womit ich leben kann.‹

Ich war nahe daran, ihr entgegenzuschreien: ›Hören Sie denn nicht die Worte?‹ Die Dämmerung wiederholte sie in beharrlichem Geflüster rings um mich her, in einem Geflüster, das drohend anzuschwellen schien wie das erste Flüstern eines aufkommenden Windes. ›Das Grauen! Das Grauen!‹

›Sein letztes Wort – um damit zu leben‹, beharrte sie. ›Begreifen Sie nicht: ich liebte ihn – ich liebte ihn – ich liebte ihn!‹

Ich riß mich zusammen und sprach langsam.

›Das letzte Wort, das er aussprach, war – Ihr Name.‹

Ich hörte einen schwachen Seufzer, und dann stockte mir das Herz in der Brust, stand still, wie vom Schlag gerührt durch einen jubelnden und schrecklichen Schrei, durch den Schrei unbegreiflichen Triumphes und unaussprechlicher Pein. ›Ich wußte es – ich war dessen ganz sicher!‹ . . . Sie wußte es. Sie war dessen sicher. Ich hörte ihr Schluchzen; sie hatte ihr Gesicht in die Hände vergraben. Ich dachte, das Haus breche über mir zusammen, ehe ich entweichen könnte, der Himmel stürze auf mich nieder. Doch nichts geschah. Der Himmel stürzte nicht ein wegen solcher Nichtigkeiten. Wäre er eingestürzt, frage ich mich, wenn ich Kurtz die Gerechtigkeit hätte widerfahren lassen, die ihm gebührte? Hatte er nicht gesagt, er verlange nichts als Gerechtigkeit? Doch ich konnte nicht. Ich konnte es ihr nicht sagen. Es wäre zu finster gewesen – ganz und gar zu finster . . .«

Marlow verstummte und saß da: abgerückt, undeutlich und schweigend, in der Haltung eines meditierenden Buddha. Eine Weile rührte sich niemand. »Wir haben den Beginn der Ebbe verpaßt«, sagte der Direktor plötzlich. Ich hob den Kopf. Die Flußmündung war von einer schwarzen Wolkenwand verhängt, und die ruhige Wasserstraße, die bis an die äußersten Grenzen der Erde führt, strömte düster unter einem bewölkten Himmel dahin – schien hineinzuführen ins Herz einer unermeßlichen Finsternis.

Bitte beachten Sie auch die folgenden Seiten

Joseph Conrad im Diogenes Verlag

Lord Jim

Roman
Aus dem Englischen von Fritz Lorch

Lord Jim, Conrads bekanntester Roman, erzählt die Geschichte eines jungen englischen Schiffsoffiziers, eines sensiblen und phantasiebegabten Menschen, der von Jugend an im Traum lebt, für eine besondere Aufgabe bestimmt zu sein und im Augenblick der Bewährung versagt. Der Alptraum seiner Verfehlung treibt Jim immer weiter nach Osten, und beinahe scheint es, als sei die Welt »nicht groß genug für ihn«.

»Mehr noch als Kipling wurde er, der Fremde, der Deuter des Besten, das in der englischen Seele liegt. Seine herrlichsten Erzählungen schildern den Kampf des Menschen mit dem Meere... Mehr noch als der Dichter des Meeres ist er der Künder der Tugenden, die das Meer erzeugt. Die Norm, die er aufstellt – und darin steht er Anton Čechov sehr nahe –, ist ein tätiger Pessimismus.« *André Maurois*

Der Geheimagent

Eine einfache Geschichte
Deutsch von Günter Danehl

London der Jahrhundertwende. Eine ausländische Gesellschaft versucht, die öffentliche Meinung gegen die Revolutionäre in der Stadt aufzuwiegeln. In den finsteren, schlammigen Londoner Hintergassen lebt der Doppelagent Verloc: Er hat sich als agent provocateur in Sachen Anarchismus anwerben lassen und leistet zugleich der englischen Polizei Spitzeldienste.

»Als ich vor Jahren Den Haag besuchte, hielt Galsworthy dort eben einen Vortrag über ›Conrad und Tolstoi‹. Ich hatte keine Ahnung, wer das sei, den man da mit dem russischen Giganten zusammenstellte; und mein Erstaunen wiederholte sich, als ich hörte, daß André Gide Englisch gelernt habe ausdrücklich, um Conrad im Original lesen zu können. Seitdem habe ich dies Erzählerphänomen kennengelernt in einigen seiner stärksten Werke: ich las die glänzende packende Kriminalgeschichte *Der Geheimagent*, las dies und das und bin voll genug davon, um mich nicht unberufen zu fühlen, unserem Publikum zum Beispiel den bewunderungswürdigen *Geheimagenten* persönlich ans Herz zu legen, eine spannende, ja aufregende Geschichte, eine Kriminalgeschichte, wie gesagt, und eine politische Geschichte dazu, die Geschichte einer ausländischen, allzu ausländischen Gesandtschaftsintrige und ihrer tragisch-menschlichen Auswirkungen...« *Thomas Mann*

Herz der Finsternis

Erzählung. Deutsch von Fritz Lorch

Kapitän Marlow steuert seinen Flußdampfer immer tiefer in die Wildnis des Kongo, ins Herz des Schwarzen Kontinents, wo er auf den zwielichtigen Elfenbeinhändler Kurtz stößt.

»Von allem, was er geschrieben hatte, bewunderte ich am meisten die furchtbare Erzählung *Herz der Finsternis,* die seine Lebensanschauung vollkommen ausdrückt: der leidlich moralische Kulturmensch auf dem gefahrvollen Weg über eine Kruste kaum erkalteter Lava, die jeden Augenblick durchbrechen und den Unvorsichtigen in heiß lodernde Abgründe sinken lassen konnte.« *Bertrand Russell*

»Ich mag auch alle Breiten und Palavers bei Conrad unendlich gern, finde sie interessant, mich fesselt jeder Satz. Weil sie gänzlich erfüllt sind vom Zweifelhaften, Klamaukhaften des Schreibens und Kunstmachens, daher dieser dauernde Positionswechsel, Abbrechen,

Ansetzen, Andeuten, Raunen, Vergessen. Dann gefällt mir, wie er kleine Züge so riesig aufbauscht, überhaupt ist er doch ein sehr sicherer Mann. Kennen Sie *Herz der Finsternis*? Kurz, sehr lesenswert!«
Gottfried Benn, Brief an F. W. Oelze

Das Duell

Sechs Erzählungen
Deutsch von Carmen Janetzki
Mit einer Vorbemerkung des Autors und
einem Nachwort von Günter Walch

Zwei Offiziere der napoleonischen Armee, die einander immer wieder zum Duell fordern; ein chilenischer Bauer mit überdurchschnittlichen Kräften, der aus Liebe zu einer Tochter aus gutem Hause zum Bandenführer im Krieg der Südamerikaner gegen die Spanier wird; ein Arbeiter aus Paris, der im Rausch aufrührerische Reden hält und unter die Anarchisten gerät; ein an Rheuma leidender Graf, der aus Angst vor der Camorra das gesunde Klima Neapels verläßt; ein Schiff, das auf jeder Reise jemanden umbringt; ein Meisterspitzel, der sich in London in eine Anarchistengruppe einschleicht und dessen Entlarvung bei einer Razzia einer Bürgertochter das Herz bricht – sie sind die Helden der sechs Erzählungen, die Joseph Conrad 1908 veröffentlichte.

»Joseph Conrad ist in meinen Augen einer der größten Erzähler und – wenn man ihn zu den englischen Schriftstellern zählt – einer der sehr wenigen wirklichen Romanciers, die England besitzt. Er besaß jedoch eine Art Reife und politische Einsicht, die man bei einem geborenen englischen Schriftsteller wohl zu jener Zeit vergeblich gesucht hätte.« *George Orwell*

D. H. Lawrence im Diogenes Verlag

»Es war etwas von einem Proletarier an ihm und von einem Marquis. Von rächerischer Leidenschaft, die ihr Opfer sucht, und gefeiltester Feinheit. Vom kämpfenden Zauber, dem ›Auge der Venus, das die Gegner selbst bestrickt und blind macht‹, von der ›Magie des Extrems, der Verführung, die alles Äußerste übt‹ – und von einem in Blumen und Tiere verliebten Schäfer.«
René Schickele

Der preußische Offizier
Erzählungen

England, mein England
Erzählungen

Die Frau, die davonritt
Erzählungen

Der Mann, der Inseln liebte
Erzählungen

Der Fremdenlegionär
Erzählungen, Autobiographisches, Fragmente

Der Hengst St. Mawr
Roman

Liebe im Heu
Erzählungen

Die Hauptmanns-Puppe
Erzählungen

John Thomas & Lady Jane
Roman. Die zweite und beste Fassung der ›Lady Chatterley‹. Aus dem Englischen von Susanna Rademacher. Mit einem Nachwort von Roland Gart

Liebe, Sex und Emanzipation
Essays. Deutsch von Elisabeth Schnack

Briefe
Auswahl von Richard Aldington. Vorwort von Aldous Huxley. Deutsch und Nachwort von Elisabeth Schnack. Personenverzeichnis, Chronik und Bibliographie im Anhang

Mr. Noon
Autobiographischer Roman. Deutsch von Nikolaus Stingl

Mexikanischer Morgen
Reisetagebücher. Deutsch von Alfred Kuoni

Das Meer und Sardinien
Reisetagebücher. Deutsch von Georg Goyert

Etruskische Stätten
Reisetagebücher. Deutsch von Oswalt von Nostitz

Italienische Dämmerung
Reisetagebücher. Deutsch von Georg Goyert

Die gefiederte Schlange
Roman. Deutsch von Georg Goyert

Meistererzählungen
Ausgewählt, deutsch und mit einem Nachwort von Elisabeth Schnack

Laurens van der Post im Diogenes Verlag

»Im Zeichen ungewisser Prognosen über den afrikanischen Kontinent kommt einer Stimme Bedeutung zu, welche vom ›ursprünglichen‹ Afrika auf Grund persönlicher Kenntnis berichtet: Laurens van der Post. Van der Post nahm die Mythen- und Märchenwelt der Buschleute bereits ›mit der Muttermilch‹ auf: durch seine Kinderfrau, die zu den Buschleuten gehörte. Als Offizier der englischen Armee sowie im Dienste der englischen Regierung, die ihn mehrere Male als Afrikaexperten einsetzte, kam er erst mit dem kolonisierten und später mit dem sich ›zivilisierenden‹ Afrika in Kontakt. Schon seine ersten Bücher schlagen das Thema an, welches sein gesamtes Werk durchzieht: der Zusammenprall einer in magisch-mythischen Bezügen ruhenden Welt mit unserer Zivilisation im Zeichen von Industrialisierung und Ratio.« *Neue Zürcher Zeitung*

Flamingofeder
Roman. Aus dem Englischen von Margarete Landé

Die verlorene Welt der Kalahari
Deutsch von Leonharda Gescher

Wenn Stern auf Stern aus der Milchstraße fällt
Roman. Deutsch von Brigitte Weidmann

Das Herz des kleinen Jägers
Roman. Deutsch von Leonharda Gescher

Das Schwert und die Puppe
Trennender Schatten
Die Saat und der Säer
Deutsch von Hannah Wolff und Joachim Uhlmann

Vorstoß ins Innere
Roman. Deutsch von Margret Boveri

Das dunkle Auge Afrikas
Deutsch von Friedrich Schwarz

Durchs große Durstland müßt ihr ziehn
Roman. Deutsch von Brigitte Weidmann

Das Gesicht neben dem Feuer
Roman. Deutsch von Anna M. Riedel und Eduard Thorsch

Der Jäger und der Wal
Roman. Deutsch von Michael H. Siegel. Mit einem Nachwort von Christoph Egger

C.G. Jung, der Mensch und seine Geschichte
Deutsch von Gertie Siemsen

Urs Widmer im Diogenes Verlag

»Wer kann heute noch glitzernde, glücksüberstrahlte Idyllen erzählen? Wer eine Geschichte über den Golfkrieg und die A-Bombe? Wer ein Märchen für Erwachsene von – sagen wir: fünfzehn an? Und wer eine Liebesgeschichte über Lebende und Tote, die uns traurigfroh ans Herz geht? Die Antwort: Urs Widmer. Er kann all dies aufs Mal und all das ist, eine Rarität in der deutschen Literatur, tiefsinnig und extrem unterhaltend zugleich.«
Andreas Isenschmid/Die Zeit, Hamburg

Alois/Die Amsel im Regen im Garten
Zwei Erzählungen

Das Normale und die Sehnsucht
Essays und Geschichten

Die Forschungsreise
Ein Abenteuerroman

Die gelben Männer
Roman

Vom Fenster meines Hauses aus
Prosa

Schweizer Geschichten

Shakespeare's Geschichten
Alle Stücke von William Shakespeare, nacherzählt von Walter E. Richartz und Urs Widmer. In zwei Bänden

Das enge Land
Roman

Liebesnacht
Eine Erzählung

Die gestohlene Schöpfung
Ein Märchen

Indianersommer
Erzählung

Das Verschwinden der Chinesen im neuen Jahr
Mit einem Nachwort von H.C. Artmann

Auf auf, ihr Hirten! Die Kuh haut ab!
Kolumnen

Der Kongreß der Paläolepidopterologen
Roman

Das Paradies des Vergessens
Erzählung

Der blaue Siphon
Erzählung

Liebesbrief für Mary
Erzählung

Die sechste Puppe im Bauch der fünften Puppe im Bauch der vierten
und andere Überlegungen zur Literatur. Grazer Vorlesungen 1991

Im Kongo
Roman

Vor uns die Sintflut
Geschichten

Der Geliebte der Mutter
Roman